『謎の聖都』

ミロクの座像は、片手を右頬にあて、片膝をたて、ものうげに目をなかば伏せている（178ページ参照）

ハヤカワ文庫JA

〈JA962〉

グイン・サーガ⑫⑧

謎の聖都

栗本　薫

早川書房

6515

SECRETS BEHIND THE SACRED SHRINE

by

Kaoru Kurimoto

2009

カバー／口絵／插絵

丹野　忍

目次

第一話　闇が丘の狂女……………………一
第二話　謎の聖都……………………八三
第三話　ミロク大神殿……………………一五七
第四話　ヨナの悪夢……………………二三七

〔草原地方 - 沿海州〕

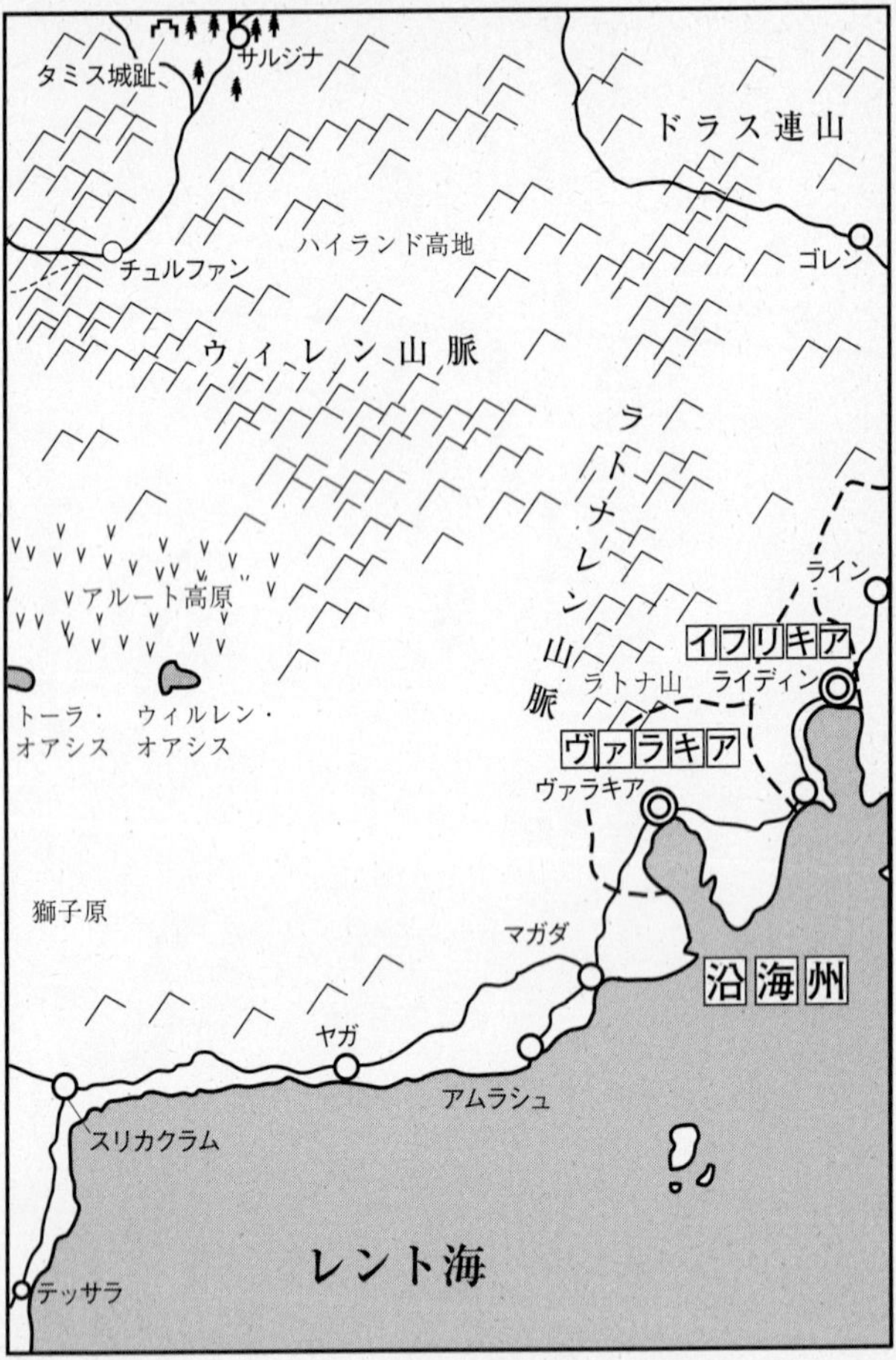
タミス城趾
サルジナ
ドラス連山
ハイランド高地
ゴレン
チュルファン
ウィレン山脈
ラトナレン山脈
ライン
アルート高原
イフリキア
ライディン
ラトナ山
トーラ・オアシス
ウィルレン・オアシス
ヴァラキア
ヴァラキア
獅子原
マガダ
沿海州
ヤガ
アムラシュ
スリカクラム
レント海
テッサラ

〔草原地方〕

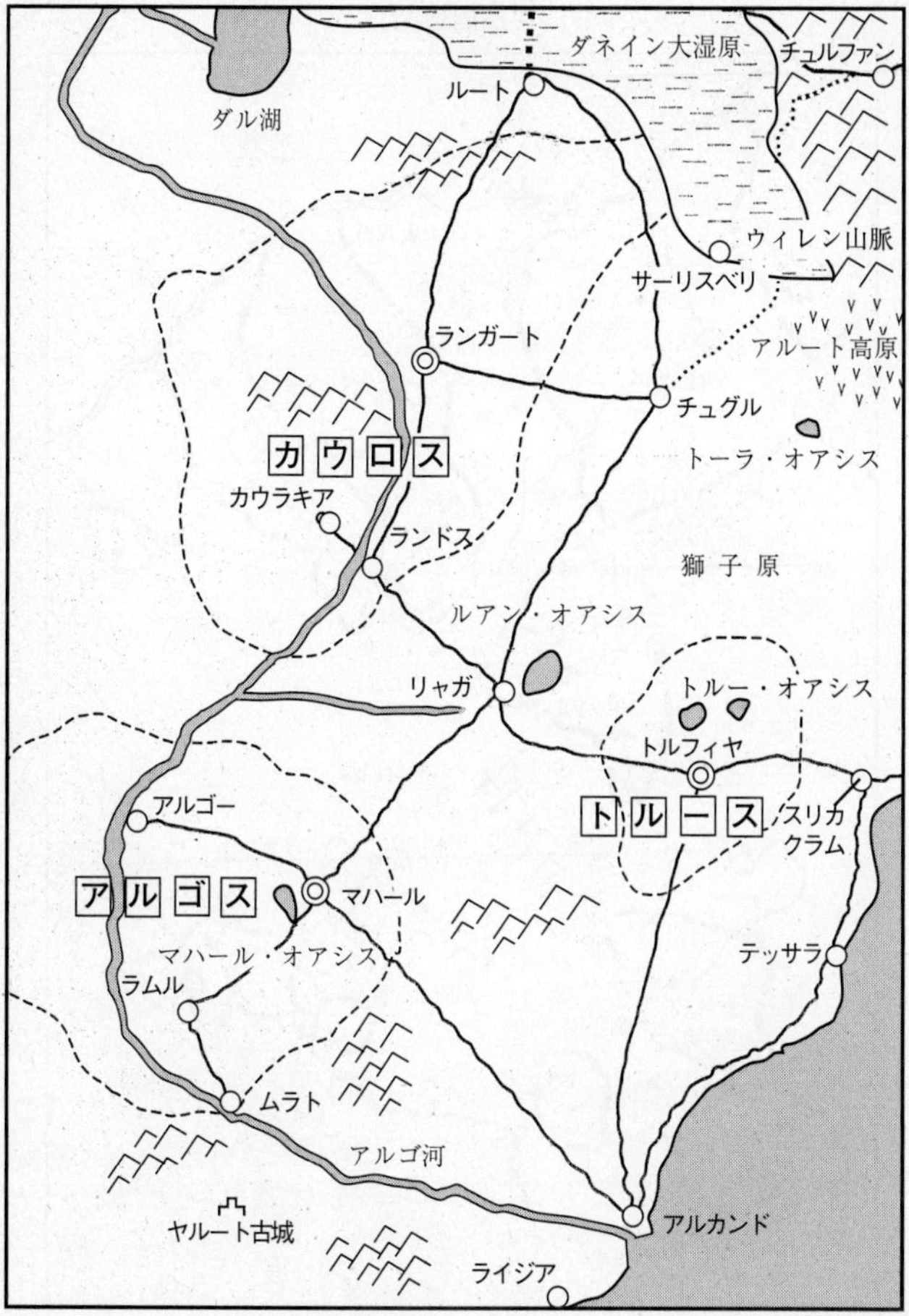
ダネイン大湿原
チュルファン
ルート
ダル湖
ウィレン山脈
サーリスベリ
ランガート
アルート高原
チュグル
カウロス
トーラ・オアシス
カウラキア
ランドス
獅 子 原
ルアン・オアシス
リャガ
トルー・オアシス
トルフィヤ
アルゴー
トルース
スリカ
クラム
アルゴス
マハール
マハール・オアシス
テッサラ
ラムル
ムラト
アルゴ河
ヤルート古城
アルカンド
ライジア

〔中原周辺図〕

ナタール川
ヴァーラス湖沼地帯
ノスフェラス
ナタール大森林
ギーラ湖
ナタリ湖
ケス河
ユラニア
サイロン
トーラス
ケイロニア
アルセイス
ゴーラ
ノルン海
ロス
モンゴール
クム
カムイ湖
タリア
タリア
ワルド山脈
リーラ川
中原
ルーアン
イーラ湖
クリスタル
オロイ湖
アルムト
パロ
アルーンの森
カラヴィア
サルジナ
ダル湖
ダネイン大湿原
ハイランド高地
ドラス連山
ルート
ウィレン山脈
ラトナレン山脈
ウル山脈
カムリ岬
サーリスベリ
アグラーヤ
ランガート
アルート高原
カウロス
獅子原
草原地方
ライゴール
レンティア
トルース
リャガ
トラキア自治領
マハール
トルフィヤ
ヤガ
イフリキア
アルゴス
ヴァラキア
沿海州
アルカンド
アルゴ河
レント海

謎の聖都

登場人物

シルヴィア……………………ケイロニアの皇女
ヨナ……………………………パロ王立学問所の主任教授
スカール………………………アルゴスの黒太子
バラン…………………………一級魔道師
フロリー………………………アムネリスの元侍女
スーティ………………………フロリーの息子
ラブ・サン……………………ミロク教徒
マリエ…………………………ラブ・サンの娘
イオ・ハイオン………………ヤガの商人

第一話　闇が丘の狂女

1

サイロン郊外、闇が丘。

それは、『七つの丘の都』サイロンをとりまく、天然の城壁さながらに、あるいはゆるやかに、あるいは雄々しくひろがっている七つの丘の、もっとも北西の端に位置する丘である。

広大にひろがり、最近ますます人口が増えて周辺にむかってひろがりつつあるサイロン——もっとも、このたびの恐しい黒死の病の流行によって、かなりその人口増には凄惨な制止がかけられてしまったのだが——そのサイロンは、もともとが、『サイロンの七つが丘』と呼ばれていた丘陵地帯の中心部に発生した、小さな都市であった。

光ヶ丘、風ヶ丘、双が丘、鳥が丘、水が丘、闇が丘、そして狼が丘——大きさにはそれぞれ違いがあるけれども、山、というにはかなり低く、そして横に大きくひろがっているそれらの丘陵に見守られ、抱きかかえられるようにして、現在の中原――いや、世界でも最大の都市であると誰もが信じるサイロン市は存在している。

もっとも高い鳥が丘でも、「山」という名には値せぬ程度の高さである。黒曜宮が位置する風ヶ丘はきわめてゆるやかに南北にひろがる、ゆったりとした丘陵で、その丘そのものが、黒曜宮の城塞がわりのようになっている。というよりも、いざというとき、サイロン市を一望のもとに見下ろすことが出来、いくぶんサイロンから距離があって、だが遠すぎはせぬからこそ、かつてここが、ケイロニア帝国が成立したとき、帝都とはんの少しだけはなれた、宮廷のありどころとして選ばれたのだ。

中原、及び世界に強国、大国、伝統ある国々は多いが、そのなかで、首都と宮廷とがこのようにはなれている国はそれほど多くはない。現在のゴーラはもとのバルヴィナ、いまのイシュタールが帝都としてあらたに建設されたゆえ、サイロンと風ヶ丘の距離よりももっと離れているが、本来のユラニアは、アルセイスを首都とし、その首都の真っ只中に紅玉宮が建っていたのだった。パロの都クリスタルもまた、クリスタル・パレスはクリスタル市の西側に、二つの川にはさまれた中州のようにして存在している。クムの首都ルーアンはオロイ湖に背中を守られて、クムの中心部に君臨しているし、かつてのモンゴールの首都トーラスもまた、かなり北部にあるとはいえ、トーラス市街のにぎわいがそのまま、金蠍宮の広大な建物に引き続いていっていた。

それから見ると、サイロン市と風ヶ丘の黒曜宮の関係は、いくぶん水くさい——ようにも思える。

だがそれは、ケイロニア帝国、というこの、現在の世界最強とされる帝国の成立を思えば無理からぬことであった。そもそも、ケイロニア、という国家は存在しておらず、そのかわりに、アンテーヌ、アトキア、フリルギア、ダナエ、ランゴバルド、ワルスタット、など、いくつもの小さな大公国が乱立し、互いに覇権を争う状況が長いあいだ続いていたのだ。

それが建国王ケイロン・ケイロニウスにより統合されたのも、ケイロニア大公国が他の小大公国よりも圧倒的な力をもっていたから、というわけではない。このままでは、共倒れになる——ユラニアの勢力が増してきて、ケイロン地方とは平和を保っていた古いゴーラ帝国の治世をおびやかしはじめたのをおそれて、ケイロニア大公国と周辺の十二の国の首長たちによって、歴史的な会議が行われたのだ。

それがすなわち「ササイドン会議」として、中原の歴史に知られているものであり、その席で、満場一致で、ケイロン地方が、現在の小国分立状態から脱して、ケイロニア大公国の支配下に入ること、そのさいケイロニア大公国はケイロニア帝国となり、その当主がケイロニアの皇帝となること、しかし、そのケイロニア皇帝を選出した十二の大公国は、おのれの領地への完全な支配権と独立権をそのまま保持し、さらにはケイロニア皇帝の決定権、罷免権など皇帝家の支配への干渉権をもつ、「十二選帝侯」として別格の地位を認められること、などが決められたのだった。

だが、もともとがほとんど同じ北方種族からの発祥であったゆえか、また気質的に共通するものが多くあり、すべてが徹底的な話し合いによって決定されたゆえか、このケイロニア帝国のやりかたは、きわめてうまくいった。歴史上、これほどに無血、平和のうちに成立し、それがそのまま保たれた例は他にひとつもない、といわれるほどに、ケイロニア帝国の歴史は、それ以来きわめて安定した、落ち着いたものとなった。

ひとつには、その後歴代のケイロニア皇帝がいずれも、ひとかどの人物、英明な君主であり、質実剛健を旨として、十二選帝侯への礼儀を尽くし、ケイロニアのまとまりと発展のためにのみ心胆を砕いた、ということもあろう。ケイロニア皇帝家は人物を輩出することと、その人物がいずれも帝王教育を受けて、堂々たる、敬愛に値する君主に育ったことで有名であり、そしてまた、それを支えたのは、歴代アンテーヌ侯を筆頭とする、十二選帝侯たちのケイロニア皇帝家への敬愛と献身であった。理想的な、君主と家臣、というだけではない、共同体としての互いへの尊敬と譲歩と信頼のうちに、小国が分立し、いつどのような破綻が襲っても不思議のない状態であったケイロン地方は、みごとに、「ケイロニア」という世界一の強国へと成長をとげていったのだ。

しかし、そこにはまた、ケイロニア皇帝家のなみなみならぬ警戒や慎重さもかかわっていた。もともとケイロニア大公国は、サイロンを中心にした国家であったが、それが小さな大公国であったときには、宮廷はサイロン市中におかれており、ジャルナに巨大な城館が建てられていたのだった。

だが、ケイロニア帝国としての立場が安定してくると、第三代皇帝、ジャルニウス・ケイロニウスは、何十年もかかる壮大な建築計画をたてて、ジャルナからも多少はなれた風ヶ丘を選んで黒曜宮の建設をもくろみ、そしてそれは何回かの改装をかさねて、第五代皇帝ヒッコリウス・ケイロニウスのときに完成した。その後も何回かの増築や改築はなされたがそれは部分的なものにすぎず、現在の黒曜宮——風ヶ丘全体をおのが庭とするような、そして堂々たる古風で風雅な、しかし質実な様式をもつ黒曜宮は、そのときに完成したのである。

いまのように黒死の病がサイロン市中にのみ大流行する、などということになってみると、このようにして、ケイロニア皇帝家のすまう場所をサイロン市中からはなしておいたのは、まさに天佑だとしか云いようがなかったが、かつての黒曜宮の建設者たちが、黒曜宮をサイロンからはなれたところにと目指したのは、そのような可能性を予測したからではなく、むしろもっと政策的な意味合いからだった。かれら歴代の皇帝たちは、まだケイロニア皇帝家が出発して日が浅かったこともあり、まだ十二選帝侯のすべての忠義をそこまで確信するにいたらなかった部分もあって、それゆえ、サイロンを守ってくれる七つの丘が、逆にサイロンを包囲するかっこうの要塞となってしまうことをおそれたのである。

サイロンは丘陵地帯の底の盆地の部分にある。それで、暑さはかなりきびしいものがあるかわりに、寒さは衝立てのような丘陵地帯によってかなりやわらげられる。だが、それにもまして、この七つの丘は、サイロンへの、他の都市からの交通に対する天然の関所となっているのだ。それぞれの丘のあいだをなす平らな部分には、ケイロニアのあちこち――からもちろん中原へ、さらにそれ以外の場所へとのびている主要な街道が走っている。そこを押さえられてしまえば、サイロンは袋のねずみであり、そこでもし、兵糧攻めにあえば、サイロンは丘の底の盆地のなかでひぼしになるしかないだろう。

それをおそれて、まだケイロニアが出来たばかりのころの皇帝たちは、さりげなく、黒曜宮、という逃げ道であると同時にさいごの砦になりうる城砦を築きあげたのだった。風ヶ丘からは、実はひそかに抜け道が掘られ、それが光ヶ丘へ抜け、さらにそのままローデスのほうまで抜けられるようになっている、といううわさもある。サイロンが制圧されても、援軍が風ヶ丘に集結できる――それが、最終的なケイロニア皇帝たちの狙いであった。

だが、いまとなってはもう、ケイロニア皇帝家の支配はきわめて安定しており、もう、そんな、ケイロニア国内で十二選帝侯のいずれかの反乱がおきる、などというおそれは完全に消えている。二十代皇帝アリウス、そして二十一代皇帝サイリウスの時代に、筆頭選帝侯たるアンテーヌ侯がきわめて若かった上にごくおとなしい人柄であったリウス・アンテニウスであったこともあって、じわじわと皇帝権の強化が実行にうつされ、いくつかの条文がケイロニアの法律に付け加えられた。それによって、十二選帝侯は、これまでの権利を失ったわけでも、また身分が下がったわけでもなかったが、完全に「ケイロニア皇帝の臣下である」ことが法律上に明記され、当時の選帝侯たちもまた、これを受け入れたのであった。もうすでに、それだけケイロニア皇帝家のいしずえがはっきりと確定していた、ということもあるし、また、よくとれば、ケイロニア皇帝家と、十二選帝侯のあいだに、すでに本当の意味での信頼関係が成立していた、ということでもあろう。その後もだが、「宰相は十二選帝侯より選出する」こと、「年番が決められ、三年ごとに、年番の選帝侯は一年の三分の二以上の期間をサイロンに出仕しなくてはならぬ」ことや、その年番には、宰相に選ばれたものも例外ではないこと、などが付け加えられ、十二選帝侯の位置はしだいにはっきりとしていったのであった。

また、同時に、選帝侯どうしのあいだでさかんに婚姻も行われたし、ケイロニア皇帝家にも、選帝侯家からの皇后が迎えられることも多くなって、ケイロニア皇帝家と十二選帝侯家とは、いうなれば古い親戚づきあいが成立していったのだった。それもまた、ケイロニア皇帝家と、十二選帝侯家との間柄をかたく固めてゆくには、何よりも役にたったことだっただろう。

いずれにもせよ、そのようなわけで、サイロンの七つの丘の東端にある風ヶ丘は、どっしりとした黒曜宮の建物と、庭園とのひろがりに埋め尽くされている。

風ヶ丘のとなり――すぐ北側には、七つの丘のなかでは狼が丘とならんでもっとも小さい、光ヶ丘があり、そこには、現在、アキレウス大帝の保養所が建てられている。もともと、それぞれの丘には、狼が丘以外の六つにそれぞれに保養所だの、あるいは離宮だの、いろいろな建物が建てられて、ただ丘陵として放置されていたわけではなかったのだが、光ヶ丘には、いまアキレウス大帝が、息女のオクタヴィア姫とその娘のマリニア姫と暮らしていることもあって、保養所にも手入れがなされ、拡大され、ちょっとした瀟洒な離宮となっていた。

七つの丘の西端である水が丘には、かなり立派な騎士宮があって、そこはケイロニア騎士団の宿舎となっており、サイロン市中や風ヶ丘の黒曜宮に当番として詰めておらぬ期間は、騎士たちはこの水が丘にあって訓練に余念がない。もと黒竜騎士団の団長たるトール将軍を団長として新設された国王騎士団は、逆にこの水が丘の騎士宮からピックアップされて、風ヶ丘にほど近い双が丘の故ダルシウス将軍の元公邸に手をいれた新騎士宮に移動していた。そこからならば、南サイロン区もジャルナ区もすぐ近く、また風ヶ丘にも、ただちに出動出来るのだ。

鳥が丘は南に面して、景色もたいへんよい、ということで、やはり保養所が建設されていたが、そこは、むしろ十二選帝侯をはじめとする、十二神将や高位の貴族たちの保養所になっていた。また鳥が丘と光ヶ丘には、よい温泉がわく、ということで、それがまた、呼び物のひとつになっていたのだ。狼が丘には古い砦があり、もともとは北方をにらむそなえにはなっていたが、いまサイロンの北はアキレウス大帝がもっとも信頼あつい相談相手であるローデス侯ロベルトの領地である。かつてこそ、「ローデスの脅威」にそなえて狼が丘にも砦がもうけられていたものの、いまやそんなものはまったく不要、ということで、狼が丘はほとんど放置されている状態にある。

そして、闇が丘——

さいごに残された、この、七つの丘の最北西端の丘には、何かといえば、暗い伝説や物語や雰囲気がつきまとっていた。

やはり、そもそもはその名前がいけなかったのだろう。だが、古いこの国で、いったい誰がこの丘を「闇が丘」という不気味な命名をしたのか、それはもう、古老にも知るものはいない。

その名がそのような連想をよぶせいか、もともと、「闇が丘では日が他よりも早く沈む」だの、「闇が丘では闇は他の丘よりも深い」などという不気味な言い伝えがあったのだ。そのせいもあって、闇が丘には、大きな保養所は建てられなかった。かわりに、離宮というのは名ばかりの、実際には「身分あるもの、特に皇族の牢獄」とでもいったほうがいいような、頑丈な建物がひとつ丘の上に建てられ、それは一応「闇が丘の離宮」と呼ばれてはいたものの、そういう本来の用途で使われたことはほとんどなく、多少素行に問題のあった皇族や、罪を犯したけれども身分が高いので公的に処刑出来なかった貴族などが出た場合の、大体これはどこの国にでもひとつはひそかに存在しているような——早い話がパロにランズベール塔があったようにである——『事実上の監獄』としてのみ使われていたのだった。

そういうことがあれば、当然、そういう場所をめぐって、あやしげな怪談だの、風評だのが育ってくるのは避けられぬ。この闇が丘の離宮も、そのような正式の名称で呼ばれたことはなく、ずっと「闇の館」とひそかに呼ばれてきていたのである。

このところ、その「闇の館」に、いろいろと改装の手が入り、内部も少しは新しくされたようだ、というのが、周辺での評判であった。もっとも、サイロン市民たちは、まだまだ、ようやく引き潮気味にはなってきたものの、決してすべておさまったとは言い難い黒死の病の大流行に息も絶え絶えであったから、そのようなことに目を向けているゆとりはとうていありはしなかった。

こんな小さな丘であっても、ふもとには小さな村もあれば、ごくごく小さな開拓農場や果樹園のようなものもある。そうした集落からは、丘の上の《闇の館》のあかりを見上げることが出来る。そこいらに住む、あまり数の多くない住民たちは、長年ほとんど放置されたままだった《闇の館》にあかりがともされ、そしてそれから、沢山の騎士、歩兵たちに守られた馬車がいくつかやってくるのを見、丘と丘のあいだの道をぬけて、それらの行列が闇が丘にのぼってゆくのをみて、本当にひさびさに闇が丘にあらたな住人が出来たことを知った、というわけなのだった。

それが、相当に身分の高い客人であることは、その行列の大仰さからも、警備警戒の厳重さからも明らかであった。同じサイロン地方といったところで、七つの丘の内側、サイロン市及びその郊外と、七つの丘の外にひろがっている丘陵の裾野部とでは、同じ地方とは思えぬくらいものごとのありようが違う。そもそも、人口密度がまるきり違うのだ。丘の内側はいまの世界でも有数の人口をかかえる近代都市であるが、外側は平和でぽつり、ぽつりと小さな集落があるだけの農村部である。それも、ほんのちょっと丘陵部をはなれると、たちまちに、赤い街道がゆたかなサイロンの緑のなかを抜けてゆく、ひっそりとした林のなかになり、それもものの半日と歩かぬうちに、もうあたりはケイロニアに特有の、深い針葉樹の森林地帯へと突入してゆく。

サイロンの南側はまだしも、マルーナ、サラス、古いケイロン市街、といった町々がひかえていて、それなりに発達しているが、ことに北にむかっては、たちまちのうちに鬱蒼たる濃い緑の森が街道を飲み込んでしまう。そのさきにゆけばもう、それほど人家も集落もなく、街道ぞいにぽつりぽつりと小さな、街道をゆく旅客めあての宿場町があるだけなのだ。

そのような田舎であるから、サイロン市内からのうわさ話などもなかなか届いてこない上、このところ、サイロン市との交通は、流行病の伝播を防ぐために完全に遮断されている。それは丘の外側にすまう人々にとっては、かれらの生命の安全を保証してくれることでもあったが、同時に、まったくサイロン市内の情報が伝わってこない、ということでもあった。

サイロンとの交通がいまのように、黒死の病のために一切禁止されてしまう前には、街道筋には、それでもサイロンからローデスやベルデランド、ベルデランドやローデスからサイロンを目指して行き来する行商や旅客がいて、それらが小さな宿場町や、街道からちょっと外れた農村にまでいたってちょっとした商いをしていったり、ついでにいろいろなうわさ話ももたらしていったりしてくれたものであった。サイロンの珍しい食品や加工品、またサイロンへ輸入されてきたはるかな異国の商品など珍しいものや日常必需品を、サイロンまでわざわざ出向かなくとも、籠や大きな箱に入れてかついで小商いにきたり、人力で曳く荷車で持ってくる、馴染みのあきんどというのがいて、それらは、そういうサイロンから持ってきたものをそのあたりのものたちに売って、かわりにこのあたりで新鮮な野菜だの果実だのを仕入れてサイロン市中に持っていって売る、というような商売をしていたのである。

そのような小商いのかつぎ屋がやってくることも、もはやたえて久しい。

だが――

サイロンに、黒死の病がはやりはじめた、という不吉なうわさが最初に流れはじめたのは、すでに二ヶ月ばかりも前のことである。そして、それからものの二十日ばかりすると、騎士たち、護民兵たちがあらわれて、有無を云わさず、すべての七つの丘の周辺をかため、すべての街道のサイロンへの交通をきびしく遮断してしまった。そうなってからはもう、サイロンに入ることも、またサイロンから出てくることもかなわなくなって、そのままもうひと月以上がたっている。

運悪く、そのときにサイロンに出かけていた家族をもつものや、サイロンに仕事でずっと滞在している夫をもつ一家などは気が気ではなかったが、いくら、街道を閉鎖している護民兵たちにきいても、サイロン市中のようすを教えてくれることはなかった。それは、かたく禁止されているようで、ひとつにはそれをきけばサイロン郊外のこのあたりにも強い動揺がひろがるだろう、ということを恐れてのきまりごとであったようだ。

だが、何も教えてもらえなければもらえないほど、人々の不安と恐怖はつのる。まして、サイロンに流行り病がどうやら勃発したらしい、ということくらいは聞かされていて、それぎりサイロンから戻ってこない夫や家族をもつ家は、なおのこと、不安にかられて近所をたずねまわる。

なかには、すばしこく立ち回って、まだすべての街道が閉鎖される前にサイロンを脱出したものもいれば、ちょっとだけサイロン郊外に入り込んで、なんとかうまくまた脱出出来たものもいたりしたので、サイロンのなかのようすが少しづつ聞こえてくるのは、なんともいえずこの平和な農村の人々の心をおののかせる話ばかりであった。

(サイロン市内に限って、猛烈な勢いで黒死病がひろがっているそうだ)

(最初は子供や老人、病弱なものからやられていたが、とうとう健康な若い男女までも倒れはじめて、もう埋葬する場所もないので死体がそのままサイロン市中に積み重ねられているそうな)

(ある夜、突然黒曜宮とサイロンの上空におそろしく巨大な顔があらわれて、それが二つに増えて罵り合いをし、そうしてこのサイロンをつかんだ突然の災厄が天災による流行り病いではなく、黒魔道によるよこしまな人災であることを明らかにしたそうだ)

(それを、豹頭王様はそのままになさっているのかね)

(いや、もちろんそんなことはない。豹頭王様はおんみずから、単身サイロンに入ってその魔道師ども――この災厄のもとをもたらしたおぞましい魔道師どものねらいを見定め、きゃつらを退治ようとありたけの努力をされているという話だが、その豹頭王様のお行方さえも知れぬらしい)

(それは、大変なことではないか)

(ああ、とてつもないことだ)

(それで、アキレウス陛下はサイロンを出て、オクタヴィアさまとマリニア姫とともに、とりあえず光ヶ丘に避難されたが、もしももっと災厄が拡大するようなら、まだ汚染のきざしもないランゴバルドへ避難されるという話だよ)

(それで、闇が丘には……いったい……)

誰が、あのようにして、避難してきたのか。

避難というよりも、むしろ、それは、虜囚を運ぶにも似た厳重すぎるほど厳重な警戒だった。むろん、このケイロニアの支配者であるアキレウス大帝とその家族であれば、どれほど厳重に警戒されても、そのような騒ぎのなか、何の不思議もないが、あの行列は、それとはなんとなく違うような気がする――とひそかに言い出すものがいる。

(なんだか、あの行列のまんなかにあった馬車は、内側からきつく目張りをして、外側からカギがかかっていて――まるで、誰か絶対に逃がすわけにゆかない高貴の囚人をでも、運んでゆくみたいだったがねえ……)

(まさか、どなたか……皇帝家のかたが、発病して……)

(とんでもないことだ。発病したものを闇が丘に連れてきたりしたら、黒死病という病気は風にのってひとに移るというんだから、たちまち闇が丘周辺から、七つの丘全部に

病気がひろがってしまうのじゃないのか）

（にしても……サイロン市中にしか、病気がひろがらないというのが、なんだか今回の黒死病はおかしな話だな……）

農村のものたちや、街道筋のものたち、あまり人口も多くないこのあたりの郊外をすまいにするものたちが、仕事も放り出して寄り集まっては、ひそかに、なんとかかきあつめた情報をかわしあううちに、こんどは、あらたな、ぶきみなうわさが立った。

（誰かが、闇が丘の離宮——《闇の館》で、毎晩のように、夜になると泣き叫ぶ——）

という、うわさである。

「ああ、それ……あたしも聞いたよ。こないだ、夜中に、なんだか、オオカミでも近くに出たのかと思って、うちのウシが心配になって、窓をあけてみたらさ」

「そうそう、俺もきいただ。なんだか、いたたまらねえような声で——あれほど悲しそうな声で叫ぶ夜泣き鬼《バンシー》なんて、これまで聞いたこともないくらいだったなあ」

「あれは夜泣き鬼なのかねえ。なんだか、狂ったように叫んで……あたしには、なんだか女の声のようにも聞こえたんだが」

「もしかして、あの闇の離宮に閉じこめられているというのは……豹頭王様の……」

「しッ、めったなことを云うでねえだ」

「誰が聞いてるかわからねえんだぞ。いまの御時世、なにせサイロンには、夜空に巨大な二つの魔道師の醜い顔があらわれて、罵りあったというんだからな」

「なんでこんなことになっちまったんだろう」

「何もかもうまくいってるように思えたのにねえ。――ああ、もう、本当に、あの新年の祝いをしたのが、何年も前のように思われるよ」

人々の囁きには、限りがなかった。

2

あやしいうわさは、とどまるところを知らなかった。その、みなもととなる出来事が、次々と闇が丘で起こっていたからである。

（きのうは、闇が丘に、新しく大きな箱馬車が届いて、なにやら沢山荷物を持ってきたぞな）

（ありゃあ、食べ物だと思うんだが、ということは、あれはいっときの逗留じゃなくて、けっこうな長逗留になるということかな）

（それにしても、いったい何が起きているんだか……あんな悲しげな、狂ったような声で幾晩も幾晩も泣き叫び続けるなんて、たいていのこっちゃねえわな……）

さよう——

闇が丘を取り囲む、わずかばかりの集落や街道筋の宿場町などで囁かれていた奇怪なうわさの最たるものは、まさしく、そのことであった。

「きのうの夜はずいぶん、長いこと叫んでいたらしいねえ……」

「ああ、おかげで、闇の館に一番近い、カルゴ農園のカルゴ一家は、気になって一睡も出来なかったといってただよ、今朝会ったときにおふくろがすっかり憔悴していただ」

「いったい、何なんだろう、そんなに一晩じゅう、叫んだり泣いたり呻いたりしているなんて……」

「誰か、閉じこめられているにしても、ありゃあ、たぶんもう正気じゃあねえな。正気のめしうどなら、そう長いことは叫び続けるなんてこたあ出来やしねえだろう」

「じゃあ、何かい、気の触れた人でも閉じこめられているっていうのかえ」

「まあ、そうとしか考えられんわな。だが、カルゴのせがれが一行の最初につくところをこっそり見ていて、どうやら位の高い女の人らしい、女官のような人たちが一杯降りてきたし、それに、婦人用の旅行つづらがとてもたくさんあった、といっていただからな」

「まあ。じゃあ、ということは、やっぱり、アレかねえ……」

「アレ」

「アレだよ、アレ……ほら、豹頭王様の……」

「シッ、女房、めったなことを口にするもんでねえ。どこで誰が聞いてるかもわからねえじゃねえか」

「大丈夫だよォ。こんなひっそりとした農家のなかでさ、聞いてるのは暖炉の石積みくらいのものさね」

「だが、あれについちゃ、いろいろと憶測がとんでるようだからな。――それについては、俺も、さいごにサイロンにいったときにちょっと小耳にはさんだだからな」

「ああ、あたしもお前さんから聞かしてもらったよ。王妃様は、王様と不仲で、それも王妃様のほうが王様を嫌って……どうやら男を作ったとか、作らないとか……」

「これ、だから、女房、めったなことを云うじゃねえだ」

「あたしなら――あんなご立派な体格で、勇猛で人格もおよろしくって――たとえ豹頭だろうとなんだろうと、あんな立派な御亭主をもって何の不足があるかと思うんだがねェ――やっぱり、皇女様ともなると、豹の顔の亭主じゃあイヤだのどうのと思うんだろうかねえ」

「だが、最初に惚れたのは皇女様のほうだってぇじゃねえか」

ついつい亭主もつり込まれた格好になった。

「もともとは、あの皇女様がほれ、何やらキタイからきた若僧の色事師にタボラかされてよ。それで、ケイロニア皇帝家ともあろうものが、はじまって以来の赤っ恥をかかされるところを、グイン陛下が、アキレウス陛下に頼み込まれて、御自分の女房にして救ってやったというじゃあねえか。――そのころから、あの皇女様は、浮気性で名高かったんだな。浮気性というより、ああいうのは、淫乱、っていうんだろうな」

「これ、おまいさん。おまいさんのほうがよほどおっかないことを云ってるよ」

「だが、あんな立派な体格の御亭主なら、そんな浮気の虫もおさまるだろうにと思っていたんだがなあ……それでも足りねえくらい男が欲しいってのは、よくせきどうも……」

「まあいやだ。——街道下のクランの嫁がさあ、陛下がパロにいっちまってから、奥方様はおかしくなったらしいといってたよ。ほら、あそこんちの、嫁の姉さんは、洗濯女で黒曜宮にあがっているだろう。だから、サイロンがこんなになっちまう前は、あの姉さんから、クランの嫁がいろんなうわさ話をもってきてくれたものだったんだけどねえ」

「その姉さんてのも、そういうつとめであるからには、いまはサイロンから出られねえんじゃねえのか」

「そうみたいだよ。もっともあの人は、サイロンじゃなくて黒曜宮につとめていただから——ああでも、住まいはサイロンで、サイロンから黒曜宮にはたらきにいってたんだから、いまごろは……」

「ひょっとするとな、もう生きちゃいねえかもしれねえぞ」

「いやだ、そんなことがあったら、クランの嫁が悲しむじゃないか」

「悲しんだって仕方がねえ、流行り病なんだ。——皇帝陛下でさえ宮殿から逃げ出すくらいに、とてつもねえ流行り病なんだからよ」

「なんてことだろうねえ。いったい、ケイロニアはどうしちまったんだろう。――それにしても、あの丘の上の館に閉じこめられてる狂女は本当に《あのおかた》なんだろうかねえ……？」

こんな小さな寒村でも、うわさは、うわさを呼び――

そうなると、「もっと真相を知りたい」と思うものが必ずや出てくるものである。

好奇心からすべてを失う、という意味のことわざがパロにはあるが、それは人間にとってはむしろ当り前のことであるのかもしれぬ。また、ひとよりもなみはずれて、好奇心が強い人間、というのが、たまたまいる、というのも、しょうのないことではある。

闇が丘から、はるかなベルデランドに向かってゆく「ベルデ街道」ぞいに、小さな農園を営んでいる、モールという男がいた。そろそろ四十がらみという年頃だが、もともとがきわめて好奇心の強い上に、行動的な男でもあって、おおもとはその農園の作男だったのだが、主人にその行動力を気にいられて、とうとう主人のむすめをもらい、小さな農園のあるじになったような男である。

風向きの都合もあるのだろうが、モールの住んでいる小さな「西風農園」に隣接する家には、『闇の館』からの叫び声が、時として、ひどくよく聞こえてくることがあったのである。

それは、モールの女房――つまりは先代の農園の主人のむすめであったエラと、まだ小さいむすこのエールとさらに小さい娘のルーをひどく怖がらせたが、モールには、その声をきいて、だいぶん、感得するところのものがあった。

(出してよう……ここから出してよう)

(いつまであたしをこんなとこに閉じこめておこうっていうの。グインの畜生! 豹頭の卑怯者!)

(あたしが憎いのね――あたしを、一生ここに閉じこめておくつもりなのね。畜生、ここから出せ――ああ、あたしを自由にしてよう……)

きれぎれに聞こえてくる呻き声や啜り泣きのあいまの叫びを、モールはいろいろと分析し、そうして自分なりの結論を出していた。

当然のことながら、『闇の館』に幽閉されているのは、ケイロニア王グインの王妃シルヴィア皇女であり、そうして、それをしたのはまさにその夫であるところのケイロニア王グインである、ということ。そしてまた、それについては、どうやら夫婦間のごくありふれた愛憎劇などではなく、もっと重大な秘密がひそんでいそうだ、ということ。

それだけで、とどめておけば、まだしもよかったのだろうが、モールは、目はしがきいて、いろいろなうわさを小耳にはさむとすぐにひとにいろいろ教えてやるところから、近在の『情報屋』としても、重宝されていたのだった。

「モールに聞けば何でもわかる」「西風農園のモールならば何でも知っている」――そう云われることが、モールにとっては、また、ひとつの誇りでもあれば、生き甲斐でもあったのだ。この誇りが、モールのいのちとりになった。

闇の館におそらくケイロニア王妃シルヴィアと思われる高貴な女性の囚人が運び込まれてきて以来、毎夜のように、その囚人のあげる叫びが聞こえてきて、平和だった闇が丘の周辺をおびやかす。むろん、城館の人間たちも、それをそのままにしているわけでもないし、そんな叫びが聞こえやすいような大きな窓のある、外に近いところに当人を入れているわけでもないと思うのだが、それでも風にのって聞こえてくる、ということは、ひとつには、闇が丘の離宮そのものの作りがもともと、それほど広大ではないし、まんなかに大きな中庭があってそのぐるりを幾棟かの建物が取り囲んでいる、という、サイロンで流行している様式ではなくて、もっとずっと古い、薄くて横に細長いひと棟の建物が建っているだけである、ということもある。どこの部屋に入れても、窓は闇が丘の外に面しているのだ。

また、もうひとつには、その囚人が狂女特有の強烈な体力でもって、通常の人ではあげられぬような、びっくりするほど大きな声をあげている、ということも考えられた。そもそも、あれだけの声をはりあげて泣いたりわめいたり叫んだり、呻いたりしていれば、普通の人間ならば、もうとっくに声がかれてしまっているはずで、事実しだいに叫ぶ声はかれがれになってきているのだが、その大きさはいっこうにかわらない。

昼間のあいだは、問題の女性は眠っているのかどうか静かなのである。そして、あたりが寝静まり、音が闇のなかにひろく拡がるようになる夜もふけたころあいになってから、女性は目をさますのか、いよいよ絶叫をはじめるのだ。

幾晩か、モールは偶然闇が丘のほうに面していた自分の寝室の窓をあけて、じっとその、風にのってくる狂女の叫び声をきいていた。それから、とうとう、決意をかためると、ある夜、こっそりと身づくろいをして寝台から抜け出したのだった。むろん、女房のエラなどにその意図を聞かれようものなら、大反対されるだろうから、エラもぐっすりと寝入ってしまった夜更けである。

おのれの敏捷さにも目端のきくことにも自信のあるモールは、黒い服装でなるべく闇にまぎれるようにして、そしてひたひたと闇が丘を上がっていった。

サイロンを取り巻く七つの丘はいずれも、丘陵とはいうものの、かなりその丘はゆるく、頂上にはゆったりとした草原のひろがりがあり、そして裾野が広い。そのなかでは闇が丘などはまだ小さいほうだが、黒曜宮のある風ヶ丘などは、黒曜宮の建っている頂上の部分こそはかなり広く平らになっているけれども、あとの庭園になったり、いくつもの別棟の建物が建っているあたりは、みなゆるやかな斜めの勾配をもった広い裾野になっている。

モールはその闇が丘については、長年住んでいることゆえ地理も知り尽くしていたので、迷うことなく、街道などまったく使わないで林のあいだを抜け、闇の館のほうへのぼっていった。むろんひとに見られる心配もない——しんとしずまりかえったその闇が丘の周辺は、ほかに人家などまったくなく——モールの家にせよ、闇が丘の本体からは少しはなれているのだ——道らしい道もない。

女子供であったら、恐ろしくて一タルザンと歩かれないような、あかりもない真っ暗な森のなかの道を、モールは迷うことなく、遠くに木々のあいだからもれている、闇の館の常夜灯だけを目当てに歩いていった。

名前が名前だから、この丘にはいろいろ言い伝えもあるし、そもそも闇の館そのものが、発狂した皇帝が閉じこめられて生涯を終わったところだとか、皇帝に反逆した貴族がそこに幽閉されてひそかに暗殺されたとか、それでそのうらみをのんだ幽霊がひっきりなしに出没するとかいった、そういうぶきみなうわさのたえないところだ。

早い話が、アキレウス大帝の皇弟であり、マライア皇后と組んで大帝への反逆をくわだて、大帝の暗殺をこころみたダリウス大公も、そのこころみが失敗に終わったのち、この闇の館にしばらく幽閉されていてから、誰も知らぬ、某選帝侯領の深い森のなかの塔に監禁され、そしてそこで暗殺された、といううわさが流れていることを、モールは知っている。ケイロニア政府からの発表では、ダリウス大公は皇帝への反逆行為をいたく後悔し、すべてを懺悔したのちに、マライア皇后と同じく自死を選んだ、というものであったのだが、それは本当ではない、というものもいるのだ。

ダリウス大公もこの館に閉じこめられていたのだったら、ダリウス大公の幽霊もまた、闇が丘周辺をうろついているのだろうか――一瞬、モールは思ったが、その思いはいきなりわきおこった絶叫にかき消された。

「出して！　あたしをここから出して！　あたしを自由にして頂戴！　お願い！」

聞くだに哀れな――

だが、明らかに、正気とはとうてい思われぬ叫び。

声もしわがれて、若い女とは思えないような、むざんな――そして確かに、（この叫びを放っているものは、もうとっくに狂気の境い目を超えてしまったのだろうな……）と聞くものに思わせるような。

「出してぇぇぇぇぇぇ……」

その狂気の証拠のように、声はヒーッと息も絶え絶えにひかれてゆき、そしてまるで、誰かに口をふさがれたか、あるいはきびしく殴りつけられたか、怒鳴りつけられでもしたかのように途絶えた。

モールは、いよいよ好奇心をそそられた。

「あいつがあたしをこんなとこに、一生閉じこめておこうとたくらんだのよォォ……」

しばらくたって、また叫び声がはじまる。

確かに、建物が目と鼻の位置までやってきていただけあって、モールの家から聞こえるのとはケタの違う鮮明さだったが、それだけにいっそう、聞こえてくる絶叫の内容はなまなましく、そして危険だった。

「すべてはあいつのたくらみなのよォ……お願い、信じて……誰か出して……誰かあたしを——お父様のとこに……お父様ならきっとわかって下さるわ……あたしはだまされたのよォ……それだけじゃない、みんなも、お父様もみんなもみんなだまされているのよ……あいつは悪魔なのよ——あいつは夢魔の怪物なのよ……英雄なんかじゃない。あいつは、お父様の思ってるような英雄なんかじゃないのよォ……」

（こりゃ大変だ）

思わずモールはこっそりとひとりごちた。そしてまた、じりじりと、まばらになってきた立木のあいだを、草むらを這うようにして、黒々と目の前に屹立している闇の館に近づいていった。思ったよりも警備も厳重ではなさそうだし、出来ることなら、ひと目でいいから、この目で、この不届きな——というか危険きわまりないことばを叫び続けている《狂女》を実際にその目で見てみたい、という気持がこらえきれないほどにつのってきたのである。

一目見れば、おそらく、それが本当に狂っているケイロニア王妃であるのか、それとも、狂っていることにされている不幸な犠牲者にすぎないのかわかるだろう。べつだん、モールは、シルヴィア王妃に特に私淑する理由があるわけでもなく、シルヴィア王妃のこれまで国民に知られてきた言動を見るかぎり、特に好意をもつ理由もなかったのだが、しかし、逆に、グイン王については、非常な崇拝と尊敬をよせていた。そのグイン王のことを「あいつは悪魔だ、みなの思うような英雄じゃない」というような誹謗がなされているのだとしたら——これだけのことを、毎晩わめき散らしているのだとしたら、いずれはそれはいまよりもっと話題になり——闇が丘の周辺だけでなく、いまでこそサイロンは流行病で手一杯かもしれないが、そちらが一段落したときには、こんどはこの話が話題になり——

そうしたら、それはケイロニアの浮沈にもかかわってくるのではないか、などということまでも、モールは考えていたのである。もっとも、だからといって、一介の農民にすぎぬモールに何が出来るというわけでもなく、ただ、本当に純然たる好奇心から、本当のケイロニア王妃シルヴィアがそこに閉じこめられて、夜な夜な叫んでいるのかどうか見てみたい、というだけのことだったのだが。

「お父様ァ——お父様に会わせて……申し開きをさせて……ああ、パリス、あの悪党めはパリスも殺しちゃったんだわ……」

叫び声は、確かに、相当にけんのんな領域にまで入ってきていた。

「パリスのことを拷問して、そうして八つ裂きにしてしまったのよ――クララも殺した、あの男とあのいやな宰相とで、みんな殺してしまったんだワ……女官たちもみんな殺しちゃったんだわ。あたしのことを誰にも知られないように――そうしてあたしを永久にここに閉じこめて……そのうちにあたしを殺そうとしているんだわ。お母様みたいに――叔父様のダリウス大公みたいに……昔の反逆大公たちみたいに……あたしはここに閉じこめられて、そうして誰にも知られないで殺されるんだわ……ああ、あたしはまだ、若いのに――まだ二十四にもなってないのに……」

（こりゃ……どうやら本物だぞ……）

あまりにも具体的な、その狂女の絶叫を聞いているうちに、モールは胸がばくばくと狂おしく高鳴ってくるのを感じた。

（こりゃ大変なことだ。――出来れば、こんなことを叫んでいますよ、と……黒曜宮にお伝えしてもっとひとに声の聞こえない、まわりに人の住んでないとこに移してやったほうがいいんじゃねえのか。――でねえと、こんなの――いまに大変な話題になっちまうだぞ……流行病が下火になりしだい、こんな話、たちまち……）

もっとも、そういう話を話題にして、うわさとして流すのは、自分のような《村の情報屋》たちであるには違いないのだが。

（どうやら、こりゃあ本当にシルヴィア王妃だ。――もし、そして、近々にシルヴィア王妃が死んだ、という公布が出されるんだとしたら……そいつは、どうやら、本当に……)

(でも——グイン陛下が、そんなことをなさる人だとは、俺は思ってねえんだけどもな……)

だが、グイン当人はしなくとも、グインの周辺、それこそ狂女が叫ぶように、宰相ランゴバルド侯ハゾスなどは、ケイロニアの平和と安寧のためなら、かよわい狂女のひとりやふたりは、闇から闇に葬ってもやむを得ぬ、と思うかもしれない。

(ウーム……こりゃ大変なことだ……)

草むらのなかに半分しゃがみこんだ変な姿勢のまま、モールはうなり声をもらした。とたんに、またシルヴィアの叫びがはじまった——今度はもっと恐しいことばをはらんでいた。

「返して！　返してよォォ——あたしの子供を返して！　あいつはあたしの子供をとっていってしまった——どこへやったのよォォォ……可愛い……あたしのはじめての子供だったのに——あんなに可愛い男の子だったのに——あたしから取り上げてしまった……よくも、そんな無慈悲なことが出来たものね？　産褥から、赤ん坊を母親からもぎとるなんて——そうして、あいつはあの子をどうしたんだろう……殺して、殺してしまったのだろうか？　ああ、それとも……ああ、お願い、あの子を返してよォ！　あたしとパリスのたったひとつの愛のかたみなのよ……いまとなっては、たったひとつのパリスのかたみ……」

（あたしとパリスの……愛のかたみだと？）

驚愕のあまり、モールは、おのれがどのような状況で、闇の館の壁の下にひそんでいるのかさえ忘れた。

（あたしとパリスの――男の子――じゃ、じゃあ、それは……グイン陛下のじゃなく、その、誰だかは知らんがパリスとかいう男とのあいだに、シルヴィア王妃が……それじゃ、不倫ではないか。それじゃ……王妃が、グイン陛下を裏切って……そんなことを……）

反射的に、モールは立ち上がり、あたりを警戒するのも忘れて、鉄格子のはまっている窓のほうに駈け寄ろうとした。

その、刹那であった。

「何者だ！」

いきなり、両側から、まぶしいかんてらのあかりが、モールの顔に向けられたのだ。

「わッ！」

声をおさえるいとまも、逃げるひまもなかった。

モールは目がくらんで棒立ちになった。かんてらを向けているのは、面頬をしっかりとおろした、国王騎士団の歩兵とおぼしい、黒光りする鎧かぶとをつけた二人の歩哨であった。

「このようなところまで入り込みおって――間諜か？　おい、タイ、引っ捕らえろ！　何者の手先か糾明するんだ」

「はッ！」

「ち、違う」

ようやく、おのれの置かれた立場に気付いて、モールは悲鳴をあげた。

「おらは間諜なんかじゃねえですだ。おらはこのあたりのもので――ただ、あんまり夜な夜な変な声が聞こえるもんだから、いったいどうしたのか、知りたくて、つい……お館に近づいてしまっただけのこって……」

「こやつ、いよいよあやしいやつだ。拷問にかけて糾明する必要がある」

位が上と思われる右側の歩哨が、さらにかんてらでぐるぐるとモールの人相風体を照らし出して見ながら叫んだ。

「タイ。早くとらえろ」

「かしこまりました！」

タイと呼ばれた歩哨は、かんてらを注意深く下に置くと、反対側の手に持っていた剣槍を右手にうつしかえ、モールにむかって猿臂《えんぴ》をのばしてきた。

「わあッ！」

モールは反射的に走り出した——それが、モールの不幸のもととなった。もっとも、おとなしく抵抗せずに捕らえられたとしても、拷問を受け、重大な秘密を知ってしまった人間として闇に葬られるのは仕方なかったかもしれぬ。

「待て！　逃げるかこやつ！」

モールの逃げ足が意外に速いのをみて、タイは焦ったようだった。剣槍をかまえて、モールを追ってくる。もうひとりの歩哨が笛をとりだして吹き鳴らしはじめた。非常事態をつげる笛である。

「わああ！」

モールは、うろたえたあまり、転びかけて、そのあたりの木の下枝をひっつかんだ。そのようすが、棒きれをもって抵抗しようとしている、と見えたのかもしれぬ。

「こやつ！」

あるいは、ただ脅そうとしたのかもしれなかった。タイの剣槍の先端が、モールにむかって振りかざされ——そして、足をひっかけたモールはそのとがった先端に向かって我から身を投げてしまう結果になった。

「ギャーッ！」

潰れたような悲鳴がほとばしったとき、モールの喉をタイの剣槍が貫いていた。どっと血がほとばしり、一瞬槍に支えられてそのまま斜めに立っていてから、モールのからだはどうと横に倒れた。はずみで、剣の刃がモールの喉をさらに横に深く切り裂いた。

「殺すなと云っただろう、馬鹿者！　何者の手先か糾明せねばならんのだ！」

上司が叫びながら近づいてくる。モールは、どくどくと血を噴きだしながら、何回かからだを痙攣させたのち、すでに動かなくなっていた。その頭上に、さらに、すさまじい絶叫がひびきわたった。

「出して！　あたしを出して！　出してよォォォォ！　グインの畜生、ああ、豹頭の悪魔め！」

3

絶叫しているほうは、館のすぐ外側で、そのようなささやかな惨劇が繰り広げられていようとは、むろん知らぬのだろう。

モールの死体が取り片付けられ、さらに衛兵たちがぬかりなく、侵入者の仲間がおらぬかどうか、建物のまわりをあらためるために立ち去ってゆくと、あたりにはいっそう深い夜が落ちてきた。

「服装からするとこのあたりの農民のようだな。武器も持っておらぬ。好奇心から忍び込んだだけならよいのだが」

「しかし、農民がこう簡単にこのあたりまで入り込めるようですと、警固の役にはこの建物はなかなか難しいということになりますな」

「ああ、ハゾスさまにお願いして、もっと厳重な垣なり柵なりを結っていただかなくてはならぬだろう」

「だが、ハゾス様が、荒れはてた建物に手を入れたときそうなさらなかったのは、それをやるとさらにここに何か重大な高貴な囚人が幽閉されている、と宣伝するようなものだからな、と云われたと聞いたことがありますよ」

「それもそうだが、しかし生け垣だけしか、外の世界とへだてるものがないというのは、やはりあまりに無防備というものだろう。まあここに外敵が攻めてくるということはほとんどないのだろうが、こういう場合にはもっと建物の近くに目隠しの塀を建てれば……」

上司の衛兵と、その部下が口々にことばをかわしながらかなり大きな黒々とした建物のまわりを、剣槍をかまえてまわりこんでゆくと、またあたりには沈黙が戻ってきた。

「ヒィィィィィ……」

その沈黙のなかに、ひとつだけ、モールをひきつけたあの呪われた泣き声がひびいているが、それもだがよほど低くなってきたのは、さしもの狂女も夜が更けてきて、相当に疲労してきたのかもしれぬ。

「アアアアア……あたしほど可哀想なものはこの世にいない……あああああ、あああああ……」

何もかもにたまりかねたような、哀れな泣き声は、それがもしいたいけな子供のものででもあったら、親などはいたたまらなくなるほど苦しく辛そうだが、しかし、声からも、それがもう一定の年齢——少なくとも最低限成人には達している女性の声であることは確かだったから、ふつうはその程度の年齢になった人間なら、こうまでは手放しで泣きじゃくったり叫んだり、わめいたりを毎晩し続けるということはいくらなんでもないのではないか、という、若干の反発やうとましさを誘ってしまうことはいなめなかった。

「ああ、あたしは可哀想……誰もあたしを可哀想だと思ってくれやしない……あたしは世界じゅうから見捨てられているんだ……ああ、パリスも死んでしまった。あん畜生が殺したのよ……虐殺したんだわ。ああ、この世でたったひとり、こんなあたしでも可愛いといってくれる人だったのに……ああああ……」

ひとつには、ずっと聞いていると耳をふさぎたくなるその声が、激しく訴え続けてやまぬ内容が、あまりにも、強烈すぎる自己憐憫と、そして他人へのうらみつらみ、告発をしか訴えてこない、ということもあっただろう。

臆面もなく、その声は「自分は世界で一番可哀想だ」と泣き続けている。それに対して、「もっと辛い人間だって、この世界には沢山いるはずですよ」とたしなめた人間は、これまで彼女の人生のなかには、おそらくひとりもあらわれてこなかったからこそ、これほどまでに、遠慮会釈もなくおのれの窮地と苦しみを嘆き、悲しみ続けていられるのではないか、と思わせるのだった。

「ああああ……」

その、《狂女》が軟禁されている室内——

それは、一応、分厚いカーテンを何重かにふやして、外に流れ出てしまう音を極力遮断するようにはしてあるのだが、何分この《闇の館》はどの部屋にも、外にむいている窓がある。窓を内側から板張りでふさぎ、一切囚人が外の空をさえ、見られることを禁止せよ、とまでの命令は出ていなかったので、この館に仕えることを命じられた警固のものたち、介護のものたちは、なかば迷惑がりながらも、なかばはやけな気分で、夜毎日毎のシルヴィアの絶叫と嘆き、ヒステリックな叫び声をあきらめているのだった——むろん、そこに閉じこめられているのは、ケイロニア王グインの王妃にして、アキレウス・ケイロニウス大帝の息女である、シルヴィア皇女であった。

「また、叫んでるよ」

「ああ、もう、気が変になりそう。あたしとても続かないと思うわ」

「私もよ。もう、サイロンがああでさえなけりゃ、すぐにでも、おつとめ替えの願書を出して、黒曜宮に戻していただくところなんだけれど……サイロンがああじゃあ、サイロンにも……確か黒曜宮にも、七つの丘の外回りででも入ってはいけないのだったわよね」

「そう、いまは誰ひとりとしてサイロンにも、黒曜宮にも、光ヶ丘離宮にも出入りは出来ないのじゃない？　この流行り病いがおさまるまでは」

「なにもサイロンからは報告もないけれど――もう、いくらなんでも、けっこう日にちもたつし、そろそろ下火になりかけているのじゃないかと思うんだけれど……」

「それを報告する使者だってサイロンからくるんだし、様子を見にサイロンに人をやることも禁止なんだし、これじゃあたしたちも、ここに軟禁されてるのと同じだわねえ」

「どころか、あたしたちはれっきとした囚人よ。それとも、病院に入れられている病人かしら……ああ、ほら、また叫んでいる……」

「ああ、たまらない。よくあんなに続くものね。ろくろく食べてないというのに」

「いや、でも、夜中に、みんなが寝静まったころに、冷たくなったお盆のものをがつがつ、直接口をつけて食べていたって、サイナが云ってたわよ」

「まあっいやだ。まるでけだものみたい」

「あれが、あのご立派で神話の英雄みたいなグイン陛下の奥方だなんて、世の中はねえ、とんでもないこともあるものよねえ……」

「陛下もお気の毒に……」

「しッ。ロイ小隊長がきたわ。また、よけいなことを喋ってるって怒られるわよ」

どうやら――

シルヴィアの挙動には、それがもともと異常であることは当然そうだとしても、それ以上に、こうした宮廷に仕える女官だの、衛兵たちだの、という人々の反発とにくしみやうんざりした気持をかう、《何か》がもともとひそんでしまっているらしい。

最初のうちは、べつだん、こうして闇が丘などという、へんぴな離宮に閉じこめられて一生を送らねばならぬかもしれぬことになった、この皇女に対して、運悪く選ばれたそれらの女官や衛兵たちも、そこまでの悪感情は持っていなかったのだ。というより、シルヴィアの異常が、シルヴィアづきの女官たちがシルヴィアを苛めたり、無視したり、悪く思ったりしたことで昂進した部分があるのではないか、とカストール博士が進言したことで、宰相ハゾスはそれら、王妃宮づきだった女官全員を、『シルヴィア王妃のご気分を損じ、そのご病気を昂進させるようにふるまった罪』で入牢させていた。本当は、ハゾスは、シルヴィアのあの重大な恐しい秘密を知ってしまっている――それでいながら何も手を打とうともせず、シルヴィアを嘲笑っていたそれらの女官たちを、全員処刑してしまうつもりだったのだが、グインが、「処刑はあまりにも行き過ぎというものだろう」ととどめたので、とりあえず入牢させ、のちの処置を待つように、ということでとどめてあったのである。「そのような温情をかけている場合でも、そんな温情に値するような相手でもございませんよ」とぶつぶつ云いはしたが。

そして、シルヴィアを闇が丘にうつすにあたり、ハゾスはこれまでの王妃宮仕えの女官、衛兵などは当然のことながら一人もいれず、逆にこれまでシルヴィアに対して、比較的好意的な言動があった、という報告のある女官を何人か探し出させて、それを中心にしてシルヴィアの面倒をみるあらたな女官と衛兵隊の編成をしたのだった。

シルヴィアの闇が丘滞在は、「サイロンの流行り病いが去るまで」というような短期間のものにはならぬかもしれぬ可能性があったから、ずっとシルヴィアの面倒をみられるよう、経験ゆたかな宮廷の副女官長であったマディラ女史が「王妃づき女官長」に任命され、闇が丘でシルヴィアに付き添っていることになった。もっともこれは、流行り病いさえ去れば、黒曜宮での仕事と兼任、ということにはなっていたのだが。

闇が丘づき衛兵隊の大隊長には特に、国王騎士団の中隊長がまわりもちで、そしてその下に数人の小隊長がそれぞれの歩兵の小隊を率いてつくことになっていたが、ハゾスは、あまり大勢の人々にシルヴィアの《病》の実態を知られることを警戒したし、それに早速さらけだされたシルヴィアの状態というのが、ごらんのようなものであったのだから、ここに駐屯させておくことは、シルヴィアの恥だけでなく、重大な秘密を、ひっきりなしに聞かされているようなものであった。それゆえ、ハゾスは、この闇が丘衛兵隊にはごく限られた、きわめて信頼出来る経歴の国王騎士団の兵士だけを使い、二交替が可能な程度の人数だけにして、それらにはもう、「何を聞いても驚くな。そのかわり決してそれを闇が丘以外の場所で口外するな」とかたく言い含められてあった。

女官たちのほうはもうちょっと運が悪く、女官たちのほうが直接にシルヴィアの面倒を見ることになるから、どうしてもある程度の実状と秘密を知ってしまうことは避けられない、と判断された。それで、ハゾスは、身寄りのない、年配で信頼出来る女官数人を組頭とし、最低限の人数で、そのなかでは交替出来るけれども、黒曜宮の女官とは交替はしない、というかたちで、いわば「一生シルヴィア係」をしなくてはならぬ女官たちを二十人、選出してシルヴィアにつけたのであった。彼女たちのなかには、まったく身寄りがなくて、そうやって一生の居場所が定まるのをむしろ喜ぶものもいたし、高額の支給金が必要で、闇が丘づとめを承知したものもいた。

だが、いずれにせよ、ハゾスは、グインの意向もあったので、シルヴィアに対して同情的になれそうなもの、シルヴィアの不幸な境遇のなぐさめになり、友達にさえなってやれる可能性のある女官、ということをも計算にいれて、その編成を選んだつもりだったのである。事実、最初のうち、女官たちも、最初の月当番の衛兵たちも、英雄王グインから引き離されて、闇が丘のようなうらさびしいところに軟禁されることになった王妃に同情的な気持を持っていた。

ところが、その気持は、ここに暮らしてまだ半月もたたぬうちに、すっかりどの一人の心からも消え去っていた——マディラ女官長だけは、なんとかして、シルヴィアの心をほどこうと、カストール博士とグイン王の依頼もあったので、極力シルヴィアの部屋を訪れ、話しかけたり、心を開かせようとつとめたのであったが、かえってくるのは相変わらずの悲鳴と絶叫と、そしてときには、お上品な女官長を蒼白にさせるような下品な罵声だけであった。シルヴィアはもう一切、外の世界に関心を喪っていた。彼女はもう、自分の悲劇と苦しみ、パリスを殺され、グインにここに閉じこめられて、子供を取り上げられ、ここでそのうち毒殺されるのだ、という思いこみだけに取り付かれてしまっていたのだ。

マディラ配下の女官たちも、なんとかシルヴィアに対して同情的にふるまおうとした。だが、彼女たちが出会ったのは、それをはねつけるような行動ばかりであった。女官たちは、最初のうちは、食堂に食事を用意して給仕するという、ごくあたりまえの方法をとろうとしたが、まもなく、シルヴィアがまったくそんなものを受け付けようとしないこと——通常のやりかたで食事をとることなど、一切拒否してしまうことがわかった。それはきわめて強固なもので——シルヴィアがいまや持っている沢山の病気のなかでも、もっとも強烈な思い込みであったので、どうしても無理にとすすめられると、さいごにはシルヴィアはテーブルの上の食べ物を手で払い落とし、きれいなじゅうたんを食べ物まみれにし、手で食器を叩き割って手を傷つけてしまう、という悲惨なありさまであったので、とうとう女官たちはそのこころみをあきらめた。

いろいろ試しているうちに、発見したのは、盆に、手でつまめる食物をのせて部屋に置いておけば、誰も見ていないときにシルヴィアはがつがつとそれを詰め込むこともある、という、さきの女官たちのうわさ話で云われていた事実であった。それも毎回ではなかったが、しかしシルヴィアはそれ以外の方法ではいっさい食物をとろうとしなかったし、また、もう長年の狂った、クララともども王妃宮の奥に自らを幽閉していた生活で、あまりにも食べ物をまともにとらなさすぎたせいで、普通の食事はのどを通らなくなっていたのだろう。ときとして、シルヴィアはパンのかたまりを口におしこみながら獣のように号泣していることがあった――食べることそのものが、ひどい苦痛であるが、もうどうしても、からだは食べ物を要求している、というようなときに、その葛藤が起こるらしかった。

「ああなってしまったら、もう廃人だわね……お気の毒に」

「あれでは、いくらグイン陛下が辛抱づよいおかただってねえ……愛想がつきるわね……」

「いったいなんで、あんなことになってしまったのかしら」

「お気の毒に」がついているだけ、最初のうちはマシなようなものだったが、それもそのうちに、なくなってしまった。シルヴィアは、突発的な激怒や悲哀の発作にかられると、入ってくる女官たちに誰かれなしに小さい家具だの、ありとあらゆるものを投げつけて荒れ狂ったし、そのあいだも叫び続けていて、マデイラ女官長がカストール医師からもらっている鎮静剤を力づくで飲ませて、とうとう寝かせてしまわぬかぎり、ありったけの卑猥なことやおぞましいことを叫びやめない、というありさまであったから、とてものごとに、ごく普通に宮廷生活を送ってきた普通の女官たちに理解してもらうことは不可能だったのだ。

闇が丘にきてわずか数日で、このままでは大変なことになる、と判断したマディラの報告で、ハゾスは、「流行り病いが一段落したら、いまの女官たちの半数以上を、専門の、狂気に陥った病人の面倒を見るのに馴れている看護人に置き換える」ことを約束したが、それも何しろ出入り禁止のサイロンと黒曜宮へ、辛うじて書面でやりとりできただけの話であったから、いつのことになるのか、知れたものではなかった。

そのようなわけで、シルヴィアをとりまく状況は、あっという間に、黒曜宮の王妃宮とさしてかわらぬものになってしまったのだった。——むろん、よく訓練のゆきとどいた、マディラの配下の女官たちは、シルヴィアをうとんじるようすをあまりにあからさまにしたり、ましてやシルヴィアを病者だからといって、放置したりつっけんどんにしたり、苛めたりするようなことは王妃宮の女官たちと違って、まったくしなかったが、その分、良識とか、常識にはたけていたので、シルヴィアのようすを見て、必ずしもそれがすべて精神の不幸な病によるものだけではなく、どうもシルヴィア自身の我儘や、不幸と戦う気のなかった怠惰、それにこれまでの不幸な育ちのせいとはいえあまりにも身勝手なものの考え方からきているものもある、と判断したのだ。

それで、女官たちのシルヴィアへの感情は急速に冷えたものとなっていったし、衛兵たちは、女宮のなかには入れないきまりになっているので、建物のうちそとを護衛し、パトロールし、必要な用にそなえるだけだったが、その分シルヴィアの恐しい絶叫をきく機会も多くて、異性である分、さらに多少の困惑や嫌悪感は禁じ得なかったようだった。シルヴィアは、こらえきれなくなると、タリッドの下町で覚えたありったけの卑猥な罵言を叫び散らしてグインを罵ったり、おのれの境遇、おのれのこの運命を作り出した神を恨まずにはいられなかったからだ。いやしくもケイロニア皇帝の息女ともあろう高貴の女性が、そのような、もっとも卑しい売春婦もかくやという罵声を大声に叫び散らすのを聞いたならば、相当に我慢強い衛兵といえども、やはり嫌悪におもてをそむけたであろう。かれらはケイロニア男であったし、ケイロニアの人間にとっては、女性というのは、高貴であればあるほど、気高く上品で聡明で、そして自制心がきいている、というのが理想像であったからである。

そうやって、おのれのゆくさきざきで自らの不幸を作り出してゆくのが、もう、シルヴィアの宿命、というよりも、自ら好きこのんで背負い込んだ人生になってしまっているかのようであった。だが、シルヴィアは、そんな周囲のことなど、まったく目に入ってはいなかった。

いっとき、産み落とした赤児をハゾスに取り上げられた錯乱は、さすがに消えてはいたが、無理矢理王妃宮から連れ出され、闇が丘に連れてゆかれて、「これから、ここで療養していただきます」とマディラ女官長に告げられたときには、さらに錯乱がひどくなり、その場で泡をふいて失神するほどに逆上した。

シルヴィア当人の論理からいえば、「そうやって何もかも、あたしの知らないところで勝手に決めてあたしを力づくで云うとおりにしようとする！」「あたしの人生を、どうしてそうやって思い通りにしようとするの！」というものである。それはそれで、ある意味では正しいといえないこともなかったが、ならば放っておけばシルヴィアがどのようにふるまうか、ということについては、もう、マディラ女官長も聞かされていたから、そう云われても、それに対してあまり同情だけしているわけにはゆかなかった。

産褥のひどい衰弱がようやく多少回復してくるまでは、それでもシルヴィアは、入れられていた塔の一室で一応手厚い看護をうけ、なかば朦朧とした状態がずっと続いていたので比較的大人しく流動食をあてがわれて食べ、たまにどっと錯乱が突き上げてくるようなときにはカストール博士の指示で多少の鎮静剤——この時代、ほかにあまり知られているものもないので、当然それは黒蓮の粉であったのだが——を使いもしたが、それでうとうとと終日眠り続けるような日々だった。それがなかったら、とうていシルヴィアの健康は回復し得なかったかもしれない。それほどひどく、妊娠中のあまりに悲惨な生活のおかげ、その以前の、妊娠にいたるまでの乱行のおかげで、シルヴィアは身も心も傷ついていた。

だが、ようやくからだが多少落ち着いてきて、移動が可能になった、と判断されて、そして闇が丘に連れてこられると同時に、またしても言うなればシルヴィアの悪夢がはじまったのだった。叫べるだけの健康を取り戻すなり、叫び続け、グインを呪い続けるシルヴィアの姿を、もうグインは一切見にはこなかったが、ハゾスはしょうことなしに、のぞき窓ごしに悲しい気持で眺めた。その悲哀には、（もう、この女性は一生、このような状態から自分でそうなろうと思わぬ限り、立ち直ることはできないのだろうな……）（そうやって、あたらあれほどの英雄の息女に生まれ、あれほどの英雄の妻となりながら、このひとは一生を廃人として終わるのだろうか……）というにがい、苦しい思いがまぎれもなく含まれていたのだった。

しかしハゾスはシルヴィアに直接面会する労はとらなかった。おそらくハゾスやグインを見れば、またしてもシルヴィアが逆上することが予想され、それはせっかく治りかけていたシルヴィアが取り戻した、ほんのわずかばかりの健康をもまた失わせてしまうだろうと案じられたからである。シルヴィアは、結局グインにも、ハゾスにも直接会って、自分がどうなるかを告げられることもないままに、闇が丘へ、ある日突然に馬車に乗せられて運び入れられたのだった。その点では、たしかにシルヴィアの不満もある意味当を得たものではあったかもしれない。

「あああああ……」

とうとう、だが、さしもの狂女も、叫び疲れるときがくる。毎晩、ほとんど夜通しでグインを呪い、おのれをあわれんで絶叫を続ける彼女が、ついに疲れはてて絶え入るように眠ってしまうと、ようやく闇が丘はほっとひと息つくのであった。たいていそれはもうとっくに夜半をすぎている。そうして、そうなると、もう今度は、衰弱しているシルヴィアのからだは、死んだように眠り続け、たいてい昼すぎまでは目をさまさない。そのあいだだけは、闇が丘は平和だった。そのあいだに大急ぎでさまざまな会議がなされ、日常の家事がなされ、衛兵の交替や女官の交替がなされる。衛兵詰所は闇が丘の一番西端にあり、女官のための区画は東側にあって、かれらが互いに話をかわすようなことはほとんどない。女官室と建物のまんなかの、シルヴィアのための区画のあいだには、マディラ女官長の部屋や、客を迎えたり、医師の診察を受け入れるためのいくつかの部屋があったが、それでも、黒曜宮に比べればいわずもがな、そのなかのただひとつの建物にすぎない王妃宮に比べても、やはり闇が丘の離宮はきわめて簡素で、小さなものにしかすぎなかった——といったところで、一応、ひととおりの設備は揃っていたし、ケイロニア皇帝家の皇族を収容する場所としての体面は、ハゾスが急ぎ改修させて十分に保たせていたことは認めなくてはならぬ。

シルヴィアには、かなり大きめの寝室があてがわれていた。その手前に書き物机やソファなどのある、居間や客間も用意されていたし、婦人らしい衣裳部屋などもあったのだが、それはほとんど何の用にもかえりみられなかった。シルヴィアは寝間着を着替えようともしなかったし、基本的に、そうやって夜通し叫び続けてぐったりして、昼間まで寝ていたあとは、今度は多少正気を取り戻しているときには、食事をするしないをめぐって女官たちと押し問答をし、食べ物を投げ捨てたり、食器を払い落としたりの大騒動をくりひろげ、昼間のうちは何一つ口にしようとしない。

　飲み物だけは例外で、カラム水はよく欲しがったが、びっくりするほど甘くしてほしがることがわかって、マデイラ女官長は、それがろくろく栄養のあるものを食べないシルヴィアの健康に害があるのではないかとひそかに心配してカストール医師に相談したりしていた。基本的にシルヴィアはカラム水しか飲まない。たまにお茶を欲しがることもあるが、そのときにはレンブリック茶にうんと糖蜜をいれよ、というようなことを云う。そして、たまに珍しく口にいれるものも、甘いものが多かった。パンだの、ガティの粥だのといった、通常の食事を出されると、怒って投げ捨てる。だが夜中にパンをかじっていることもあって、そういうときは、前を通りかかってこっそりのぞき窓からみた女官は、それこそ、床に腹這って、パンを口に無理矢理押し込みながらわあわあ泣いている、獣人のような姿をみてぎょっとするのであった。

　それが、ケイロニア王妃シルヴィアのこのところの、おおむねの日常であったのである。

4

シルヴィアは、眠っていた。

繰り返される絶望と狂乱、そしてそれへの、周囲を取り囲むようになった新しい従者たちの反応のなさ。

その反応のなさにじれて、いっそう狂乱が高まっていっても、おそらく女官長から言い含められているからだろう、女官たちは、ただただ黙っているばかりで、どれほどシルヴィアが口汚い言葉を絶叫しようと、おそるべき真実を暴露しようと、それにのってはこない。

窓にしがみつき、ゆさぶり、なんとかして何かを破壊しようとしても、シルヴィアのか弱い、衰弱しきったからだでは、何も大したことは出来ない。それにここにきてからは、あまりに限度をこえて暴れれば、たちまち鎮静剤を飲まされて寝かされてしまう。

シルヴィアは、黒蓮の粉にいささか病的な恐怖心を抱いていた。自分が、キタイで、黒蓮の粉漬けにされ、その結果として色情狂に仕立て上げられたときのことを、まざまざと覚えていたからだ。

「やめて、お願い。大人しく、大人しくするからその粉を使うのだけはやめて」

絶叫しながら、ようやくシルヴィアが大人しくなると、すかさずその口に黒蓮の粉が流し込まれる、というようなことが続いて、シルヴィアはへとへとに疲れはてていた。いや、もともとが、もう、シルヴィアは生きてゆくこと、そのものにひどく疲れはて、倦み果てているのだ。

(もう、いっそ、あたしのいのちなんか——誰も欲しがらないいのちなんか、早く消えてしまえばいいのに……)

そう願いもするが、みずからのいのちを絶つだけの勇気と怒りを、シルヴィアは持ち合わせていなかった。もともとの気質もあるし、それに、シルヴィアをこの狂気と逆上にかりたてているのは、結局のところ「かまってほしい」「愛してほしい」「自分が悪いのではないと認めてほしい」という、『幼な子の怒りとうらみつらみ』にほかならぬ。それは、むしろ、怒りのあまり我が身をその手で八つ裂きにしてしまうような嗔恚《しんに》とは、正反対を向いているものだ。

(ああ……)

眠っているときのシルヴィアは、誰も見ておらぬけれども、どれだけ痩せて、頬骨がけわしくとがってしまおうとも、奇妙なくらいあどけない顔をしている。おそらく、年齢はすでに二十歳をこえたけれども、幼いときから母にも父にも愛されずにきたこの不幸な《狂った少女》は、その心のなかみはまだ、本当のところ二歳か三歳の幼児にすぎないのかもしれなかった。シルヴィアの不幸は、そのことを、理解してやる人間が誰もあらわれなかったことだけだったかもしれぬ。

「誰……」

眠りだけが、いまのシルヴィアに、わずかばかりの慰安と、そして休息とをもたらしてくれる。

その眠りを、強引に破られた気がして、シルヴィアは、眉根に皺をよせながら、いやいや目を開いた。誰かに、強く呼ばれたような気がしたのだ。

「誰なの……」

ひどい低血圧と、室内につけられている常夜灯がとても暗いせいで、そこにうずくまっている黒い人影を、シルヴィアは最初、何かの影か、それとも錯覚かとしか思わなかった。

それから、いやいや、目がさめてきた。本来ならば、まだぐったりと死んだように眠りこけているはずの時間だ——闇が丘の城館もひっそりと静まりかえっている。おそらく、まだ夜明けまでには一、二ザンあるという、一番夜の深いときでもあろう。

本当なら、こんな時間に、こんなふうにして叩き起こされようものなら、怒り狂ってそれこそものを投げつけるやら絶叫するやら、手におえぬ大騒ぎがたちまち繰り広げられることは疑いなかった。だが、何か——室全体を覆っている奇妙ないつもと違う空気が、シルヴィアをひきつけた。

なんとなく、世界全体の時間が止まってしまって、この室のなかだけが生きて動いている、そんな感じであった。シルヴィアは、まだ半分は朦朧としていたので、おそろしさは感じなかったが、しかし何かがどうにも奇妙だ、とは感じて、のろのろと、それはいまの彼女にはひどく大変なことだったのだがやっとベッドから上体を起こした。

「誰かいるの？　そこに誰かいるの？」

「皇女——」

低い声が答えた。

シルヴィアは一瞬身をかたくして、薄い寝間着しか着ていないおのれのまわりに、布団をかきよせたが、声はさらに低く続いた。

「シルヴィア皇女。——あだを、打ちとうはないか？」

「あ——あだ……？」

「そうだ。——奪い去られ、殺されてしまったお前の幼いはじめての赤ん坊——その父親になってくれようとしていた、親切なあの馬車の御者……それも、あのお節介な宰相と非情な国王との手によって、おそるべき拷問のはてに嬲り殺しにされてしまった。あだを打ちたくはないか？」

「パリス――」

ほかのことは、一瞬、シルヴィアの耳にはまったく入らなかった。

シルヴィアは、布団のはしをかたく握り締めて、わなわなと、痩せ細ったからだをふるわせた。

「パリスは、死んだの？」

これがどういう妖魅なのか――これはいったい、どういう怪異現象であるのか、その思いも、シルヴィアの心からは消え失せていた。

全体に、あのグインの、夢の回廊で見せられた夢への反応でも明らかなように、シルヴィアという女性は、よくいえば夢見がち、悪くいえば、夢と現実の区別がよくつかぬときが多い女性であった。ことに、体調もこれだけ悪くてうつらうつらしているときには、何がうつつで、何が悪夢で、何が本当にあったことなのか、当人はとうとうまったく理解していないことさえも多かったのだ。

「ねえ、パリスは死んだの――？」

シルヴィアは、相手がなにものか、ということも、それがなぜ、突然このようなところに出現してこんなことを云っているのか、ということもほとんど気にしていなかった。

ただ、彼女は、おのれの問いに答えを得たいだけだった。

「ああ」

低い声で、黒い影が答えた。同時に、ふわっと、その影が少し近くにきたようだった――だが、影が立ち上がったり歩いたりしたようすはなかった。ただ、ふわりとそのからだが、一タッドくらい移動しただけのようにみえた。

「むざんな死に方であったぞ。さんざんに拷問にかけられ、血へどを吐いたあげく、さいごは位の高い皇女をたぶらかし、乱行をさせ、それをそそのかし、皇女を犯した、という最悪の罪によって、誰も見ておらぬ地下牢で車裂きの刑によって、四肢をひきぬかれて息絶えた。息絶えるまでには、頑健な男であったので、ずいぶんと時間がかかってな。――その臨終ほど凄惨なものは、このわしでさえ、見たことがなかったほどだ。車裂きといっても、なかなか四肢が胴体からはなれぬので、さいごはオノで半分叩き切られてから、滑車にかけられて四方から引っ張られたのだ」

「や――やめて……」

シルヴィアは弱々しい悲鳴をあげて両手をあげ、耳をふさいだ。

「やめて。そんな恐しい……パリスが、何をしたというの。あの男は、私の……私の子供の父親じゃないわ。そのことは私が一番よく知っている。だのに……あのひとは、優しいから、私の子供の父親になる罪をかぶってくれようとしただけよ……それなのに、そんな、そんな死に方をするなんて……」

「あだを、打ちたくはないか？」

またしても、影はくりかえした。

「あだ。あだですって」

「そうだ。恐しい苦悶の死をとげたパリスの仇。産褥からそのまま奪い去られ、大人の巨大な掌で窒息死させられた赤児の仇。いまのお前なら、打てるのだよ、シルヴィア皇女」

「何のことなの？」

はじめて——

かすかな警戒心のようなものが、シルヴィアに芽生えた。

シルヴィアは、闇のなかを、すかすようにしてのぞきみた。だが、彼女の視力では、やはり、黒い影がふわりと不吉にうずくまっている、というようにしか見えなかった。その、黒い影は、魔道師のマントをまとっているようでもあったし、そのなかから、二つ、ぶきみな目が白い光を放ちながら、こちらをじっと見つめているような気も漠然とした。

シルヴィアは身をふるわせた。

「あなたは誰？」

シルヴィアはささやくようにきいた。

「いったい、何者なの？　どうしてこんなところに——どうやって入ってきたの？　ここ随分、警備が厳しいのよ……どうして、こんなに簡単に、私のところにこられたの。……それに——それに……」

「……………」

「なんとなく——あなたの声……あなたのその……雰囲気……私は、知っているのではなくて？　私の知っている人なのかしら……あなたは誰かを思い出させるわ。だけど、誰かはわからない——遠い昔——そうだわ、ずいぶん昔だわ。なんだかいろんなことがあった……ああ、もう、思い出せない。あまりにも、辛いことだの、苦しいことだの——イヤなことばかりあったものだから、私の頭は、もう、いろいろと記憶しておくのをやめてしまおうとしているんだわ。最近、何もよく思い出せないの。何かあったとして、それが、きのうのことなのか、それとも何日も前のことなのか、もしかして一年も、いやもっと前のことなのか、それも思い出せないの。——あたしは、頭がおかしくなりかけているのかしら。それで、みんなが、あたしをこんなところに閉じこめたのかしら。みんなさいしょは、あたしを疫病から隔離するんだと云った。あたしは、当然……どこかの保養所にゆくんだと思ったわ。だのに、ついてみたら——馬車からおろされてみたら、それはこんな監獄だった。ひどいだましようだとは思わなくて？　いつだって、みんなはあたしにひどい仕打ちをするわ。……なんだか、みんな、あたしには、守ってくれる男が誰もついていないから、どんなにひどいことをしてもいいと思っているみたい。だんだん――みんな、あたしをなおざりにするようになってゆく。あたしが具合が悪かろうが、気持が悪かろうが――どんなに痛くても苦しくても、辛くても、誰ひとり気にかけてくれる人はいない。口さきだけで、皇女様、お加減はいかがでございますか、なんていう人はいるけれど、そういう嘘吐きはあたし、もっと嫌い。何の誠意もこもってない、口先だけのことば、嘘でまみれた声なんだもの。だけどあいては、それをあたしがわからないと思っているんだわ。――そんなに、みんなあたしが何もわからないとバカにしているんだ。そうして、あたしが狂っているとか、気が変だとか、病気だとか、そういって――あたしを邪魔にするんだ。あたしなんか、どうして生まれてきてしまったのかしらね――そんなにいらないいのちだったら、あたしだって――あたしの可哀想な赤ちゃんだって……どうして、ヤヌスの神は、それを生まれるように仕組まれたの？　生まれてこないですんだら、こんなに苦しい、辛い思いをすることだってなかったじゃないの……」

黒い影は、辛抱強く、シルヴィアの垂れ流しのようなぐちを聞き流していた。

それがひと区切りしたようだ、とみると、ゆっくりとまた口を開く。

「ヤヌスの神などどうでもよい。お前は、復讐しようと思えば、出来る重大なカギを握っているのだよ。そのことに、気付いておるか」

「カギ……？　何のことなの？」

「気付いておらぬのだな」

ククククーーと、黒い影が低く笑った。

「サイロンが、いま、どのような状態になっているかも、お前は知らぬじゃろ。それは、ひどいものじゃ。――まあ、とりあえず、豹頭王の下町での大冒険のおかげで、闇の帝王は撤退し、サイロンでの、黒死病の大流行はいったん下火になりつつあった。だが、いったん流行ってしまった疾病などというものは、そうそうかんたんに追い出せるものじゃない。まだまだ、あらたな発病をする患者もいれば、薬石効なく死んでゆくものもあとをたたぬ。それ以上に、サイロン市民たちは、すっかりへたばってしまっている。それほど長い時間ではなかったが、この疾病とのたたかいはとても激烈なものだった。その上、このところ、サイロン市民――というよりもケイロニア国民は、すっかり、安寧と平和と繁栄に狎《な》れて、それが当然だと――おのれらは世界の最強最大の大国の国民として、英明な支配者と強力な軍隊に守られ、何の不安も心配もいらぬ身の上なのだと信じ切っていた。そこに油断があった」

「……………」

そのような話には、シルヴィアは、実のところ何の興味も持てなかった。

それが、自分が常日頃、「ケイロニアの皇女でありながら」「本来ならば、女帝としてケイロニアの皇帝位を継承する御身分でありながら」と一番人々に批判されるところかもしれない、ということはわかってはいたが、シルヴィアには、自分がケイロニア皇女である、ということもただの偶然の結果にしか思われなかったし、それはむしろ彼女には呪いそのものであった。そうして、無理に、国民の幸せだの、政治情勢だの、国際事情だのに関心をもて、と強いられることは、少女のころから、シルヴィアにとっては何よりもイヤなことであった。

（あたしは、政治なんか嫌い……汚らしい、しもじもの、貧しい連中なんか、死んじゃえばいい……あたしが好きなのは、舞踏会とか、男たちにチヤホヤされることとか……今夜はどの男に抱かれようと思ってめぼしをつけあったり――お酒を飲んで、すっかり陽気になってイヤなことをすべて忘れたり……）

自分は女なのだから、それだってかまわないではないか、と思う。そういうイヤなこと、面倒なこと、手間のかかることは、すべて、男たちがやるべき仕事だ、とシルヴィアには思えるのだ。

「いまがチャンスなのだ」

黒い影は、シルヴィアのその心の動きをある程度察したように、語調をあらためた。

「お前にしか出来ぬことがある。――そうして、お前は、そうやって歴史に名を残すことだって出来る――ま、悪名だがの。それはそれでよかろう。どちらにせよ、もう、お前は、悪名によってケイロニア皇帝家の歴史に残ることはさだまってしまっているのだからな、フォフォフォフォフォフォ」

黒い影は奇妙な笑い声をたてた。

その笑い声にも、確かに、どことなく聞き覚えがある——という気が、シルヴィアはしてならなかった。彼女は、それを（いったいどこで聞いたのだったたろう。誰がこんな変な笑い方をするのだったかしら）と熱心に思い出そうと考えこんでいたので、影のことばの重大な意味をそのまま聞き逃してしまった。

「サイロンは疲れきっている。黒曜宮も、いまだ豹頭王の帰還もなく、不安に怯えている——これはほどもなく、豹頭王はタリッドから、その戦利品ともどもに帰還するのだろうさ。つかの間の平和、という戦利品とともにな。——だが、すべての魔物どもがサイロンから手をひいたわけではない。というより、これは前哨戦にしかすぎなかったのだ。元締は、パロで出来なかったことを、万が一にも、ケイロニアで出来はせぬかと、そのことを試してみたかっただけだとわしは思うぞ。——パロで失敗したのは偶然にすぎぬ……それをはばんだのも同じく豹頭王であったにもせよな。だが、だからこそ逆に、おひざもとのサイロンを襲われるだろうとは、おのれがパロでの彼のたくらみをとどめたからこそ、豹頭王は予想もしておらぬ。——わしは、その、豹頭王の油断に《きゃつ》が付け入るのではないかととても心配していたのだ。フォフォフォフォ」

「………？」

「何のことかわからぬだろうな。わかるまいて。ま、それはそれでよい、お前には、わかる必要もないことじゃからな。──お前はただ、運命にさだめられたとおりにはたらいて、おのれが何をしているかもいっこうに知らぬままに、運命をサイロンに導き入れる役割をはたらけばよいだけじゃ」

「あんたのいうことはなんだかいっこうにわからないわ」

シルヴィアは眉根を寄せて云った。

「それに、寒いし、眠いわ。あたしもう寝たいから、あんた、どこかに消えちゃって。あんたの話なんか、一生懸命にきいてソンしちゃったわ。あんたは、なんかどこかの変な魔道師かなんかなんだわ。でもって、あたしを口先うまくたぼらかして、また昔みたいなことに──あら、おかしいわね」

シルヴィアは眉をいっそうしかめ、手をのばして、指さきで額をもんだ。

「頭が痛いわ。昔、何があったのだったかしら。思い出せないわ。キタイ──ええと、そう……黒蓮の粉はイヤ……窓から、小さな塔が見えたわ……ユリウス──ユリウスって、いったい誰だったかしら。ああもう、どうしてこんなに何ひとつ思い出せないのかしら。本当に、あたし、みなのいうとおり、頭がおかしくなりかけているのかしら。あたし、病気なの？　ねえ、じいさん、あんた、どう思う？　あたし、病気なんだと思う？」

「お前さんにじいさん呼ばわりされる理由はないよ」

一瞬むっとしたように黒い影は答えたが、すぐに、そのからだ——というより黒い輪郭をゆするようにして笑い出した。

「そうか、そうか。お前は病気なのだよ、シルヴィア姫、可哀想にな。お前は病気で、その上、とても可哀想なのだ。だから、お前は、ゆっくり休まなくちゃいけないのだよ。——そうして、イヤなことなど思い出すことはない。キタイになんか、お前はいったこともないし——そんなイヤな辛い思い出など、わざわざ思い出してイヤな気分になることはない。そうでなくとも、お前の人生はこんなにも苦しみ多いのだからな。もっとも、すべてを忘れてしまえば、お前はもっと楽になれるよ。パリスのことも忘れてしまえばよい。なんなら忘れてしまうように、わしがしてやってもよい。——どちらにもせよ、お前の人生は、忘れたいことばかりで出来ているのだ。それは、まあ、お前がそのようにみずから選んだからだ、としか云いようのないものもあるがな。だが、ただ不運だったからだ、ということももちろんある。お前は不運で、可哀想な娘だよ。そうだろう、シルヴィア」

「そういってくれると、なんだか、すごく、慰められるわ」

シルヴィアは布団をうすい胸にかきよせたまま、一瞬嬉しそうに云った。

「そうよ。誰もあたしにそういうことを云ってくれないの。それどころか、あたしとまともに口をきくことさえ、うんざりする、とでもいったようすしか見せないわ。確かにそれは、あたしは頭が病気かもしれないけれど、あんなふうに扱われる理由はないと思うの。——それでこんなところに押し込められて——どうするつもりなのかしら。もう、あの豹頭の畜生は、あたしを一生、ここに閉じこめておくつもりなんだろうか」

「そうじゃないと思うね」

黒い影はつぶやいた。

「ここで、あんたがその、ありったけの声でありったけの秘密をわめき散らしていたんじゃあ——いかな豹頭王だって、名宰相たるハゾスだって、たまるものではない。といって、あんたが叫ばないようにすることも出来ないし、工事を入れて塀だの垣根だのであんたを塗り込めてしまうようにすると、またまたこの工事人足どもにあんたの叫び声が聞こえてしまうだろうしな。——といって、また、いまのサイロンは、とうていまだそんなふうな余力はないし。豹頭王がタリッドから黒曜宮に戻ってきて、ものごとが多少落ち着いたら、早速、おそらく、あんたはどこか、遠い選帝侯領に移されることになるんだろうな。その旅のあいだじゅうこの調子で叫んでいられては、ケイロニア全土にケイロニア王夫妻の恥をまき散らすことになるんだから、そのあいだは眠らされているかどうかは知らないが。——まあ、そうやって、どれだけ叫んでもきいているのは谷間のガーガーだけ、というようなくらい、へんぴで誰ひとり住んでいないところに塔でも建てて、そこがあんたのついの棲家、ということになるのじゃないかね。ま、わしの見たところでは、ローデスってことはないな。ベルデランドだな。ベルデランドの北のはずれくらいだったら、どれだけ叫んでもわめいても、きいてるのはナタール川のせせらぎだけだよ」

不思議なことに——

その話のあいだじゅう、シルヴィアは、はっきりと目を見開いて、相手をにらみすえていた。その話ははっきりとシルヴィアの頭に入ってきたし、どこもわからないところはなかったのだ。

「冗談じゃないわ」

シルヴィアは激しく身をおこりにかかったようにふるわせた。

「ベルデランドですって。どこよ、それ。って、もちろん知っているわよ。ただ、冗談じゃないわ、って云いたかっただけよ。とんでもないわ! あまりにも遠くて、だからベルデランド侯は年番の義務をはずされているくらいじゃないの。おまけに、とてつもない北の国で、寒くて雪がつもって——もうそこからいくらもゆかずに、ナタールの大森林地帯になるという、とてつもないど田舎なんでしょう? あたしをそんなところにとじこめて、一生、そういうところの、それもまた誰もいないようなところで過ごさせようっていうの。正気じゃないわ——冗談じゃない。あたしが何をしたっていうの。あたしはまだ若いのよ。まだ二十歳になるならずの女の子なのよ。一回結婚に失敗したって——一回や二回うまくゆかなくたって、まだ、これからってことだってあるじゃないの。あたしが恋をして——相手もあたしに恋をしてくれて……夢のようなロマンスがはじまって……そうして、あたしは幸せになる。夢のように幸せになる……」

「まあ、確かに、ベルデランドじゃあ、ロマンスは無理じゃろうね」

影は保証した。

「あそこじゃあ、相手になるのはベルデランド侯ユリアスくらいのものだろうが、あやつは気の毒なほどにかっちん玉で、おまけに潔癖症だから、何があろうと、あんたにそういう思いを抱くことがあるわけはないよ。あれには、思うあいてもあることとなんだし。——まあ、寂しい暮らしだわな。確かに、氷雪にとざされた北の果ての暮らし……」

「冗談じゃない。そのくらいなら、そんなところに移されて幽閉されてしまうくらいなら、あたし、死んでやるわ。舌を噛んで死んでやりますとも」

「舌を噛むのは特殊技術でな。なかなか出来るもんじゃないよ」

黒い影はそっけなく云った。それから、ずん、と影が大きくなったような、奇妙な錯覚にとらえられて、シルヴィアは思わず、ちょっとベッドのなかであとずさった。

「だから、いっているのだよ。嬢ちゃん、シルヴィア皇女殿下」

黒い影は囁いた。あやしく、その黒い顔の上部にある二つの目が、光を放ちだしているかのようだった。

「わしの頼みをきいてくれれば、あんたを永久に自由にしてやるよ、とだね。いまじゃない。いまじゃまだ早すぎる――わしが次にやってきたとき、わしのいうとおりにさえしてくれりゃ――あんたは、永久にもう、ケイロニア皇女なんていう地位に縛られて苦しむこともなくなるんだよ。悪くない話じゃろ？　え？」

第二話　謎の聖都

1

「さて……これをどうしたものか」

固い木の寝台の上に、あぐらをかいて、腕組みをして座り込んだまま、スカールは低くもらした。

「そうですねえ……」

ヴァラキアのヨナも、同調するように返事をした。だが、ヨナのほうは、実際には、おそらくそんなことだろうとかなり予想がついていたので、それほど驚いてはいなかった。

いや、スカールとても、べつだんそれほどに、事態の展開に仰天していた、というわけでもない。スカールも、ヨナともども、この館にもう八年もとどめられたままでいるという、男装の少女エルランの話を聞いてもいたのだし、またどちらにもせよ、スカールのほうが、実際にこのミロクの都ヤガでやらなくてはならぬこと、というのは、ヨナを守って、無事にヤガから脱出させること、というにすぎなかったからだ。実際にヤガで人捜しや、ミロク教の現在についての調査などの仕事をしなくてはならぬのは、ヨナのほうであった。

だが、親切ごかしにかれらをとめてくれた『ミロクの兄弟の家』のあるじ、イオ・ハイオンが、いまや、かれらをまったく自分の家から出すつもりがないのだ、ということ——日中、神殿にいったり、巡礼のつとめをはたしにいったりすることはまったく禁じられていないようではあったけれども——また、それはいつまで続くかわからないのだ、ということだけは、もう間違いようもなかった。かれらは、イオの虜囚になった、といってよかったのだ。そういうものは、だが、ヨナたちだけではなく、エルランの一行もそうであるように沢山いたし、また、それは必ずしもイオの館だけでおこなわれていることではなく、エルランのことばをきけば、ほかの『ミロクの兄弟の家』でも事情は同じようであるようだった。

「ということは……このあたりのそうした、豪商とか、金持ちの家は、それだけの金を出してでも、沢山の巡礼たちを家に引き留めて——いずれは、それを私設軍隊にでもしようと思っている、ということなのか……」

スカールは難しい顔をする。髭をそってしまっているので、そういう顔をしても、以前よりずいぶんと若く見える。

「そうですねえ……『ミロクの騎士団』などというものは私は、生まれてこのかた耳にしたこともありません。──それを結成するためには、やはり相当な人数は必要なのでしょうし──しかし、このことばそのものが、ミロクの教えにはさからっていますし、本来、ミロク教徒にはあってはならないことなのですよ。ミロク教徒は決して、たとえ殺されるとも、戦ってはならぬ、と最初に教えられるのですから。ミロク教徒の軍隊、などというものが存在することそのものが、ミロクの教えへのあまりにも不敬な反逆です」

「だが、ひとつの都市なり国家なりが、おのれをほかから侵略されずに守ろうと思えば、それはもう、おのれを守るだけの力のある軍隊を持つしかなかろう」

スカールは云った。ただひとつ確かなのは、イオがそうして沢山の巡礼たちを集めては家に連れ戻り、ある程度厚遇して居着かせるようにして、そうしておのれの館にひきとめている理由がどこにあるのであれ、それは決して好色なもの、あるいは個人的なものではないだろう、ということだった。

「もしもそういう理由だったらな──それはそれで、わかりやすいともいうが、それだったらお前など、一番にイオの寝台に連れ込まれているだろうし、その前に、あのエルランだって、少女とわかれば無事ではすまぬか、少女でないまでも美少年として生贄にあげられるか――そう考えると、イオのこういうことをする動機というのは、まったくイオの個人的なものではなく、たぶん、ヤガそのものの意向――ないしミロク教団そのものの意向だ、ということになるな。そのほうがかえってやっかいだ、ともいうが」

「何かが、ミロク教団の一番奥深いところで起きているのは、もう疑いのないところだとは思いますが……」

ヨナは考え込んだ。

「それを探り出すというのは、私のようなただの学者の手にはあまりにもあまりすぎますね。それに、危険すぎる。スカ……いやいやエルシュさまにも、そんな危険を冒させるわけにはゆきません。待っている部族のかたたちのためにもですね。――しかし、だったら一番いいのは、とっととヤガを抜け出して、いま見ただけでも充分すぎるほどにヴァレ――いや、私をふるさとで待っていてくれる人には、いろいろと考えたり探索したりする手がかりがあるでしょうから、それを持ってふるさとに戻ることなのですが……」

「あるいは、いま、ヤガは、おのれがどのように変貌してしまったかを知られたくなさに、ヤガに入ったものを、決してヤガから出さぬようにとさだめているのかもしれない」

「かもしれません。でも、クロウシュの村のあたりでは、ヤガからテッサラやもっと先へ下る巡礼団、また、旅行団や、ヤガ帰りの旅商人たち、それに、巡礼の旅から戻るものたちとも出くわしたと思うのですが……」

「俺たちが見たのは、どちらかというと『ミロクの騎士団』だの、それに属しているのではないか、と思われるようなやからが多かったと思うぞ」

スカールは指摘した。

「普通のなりをした巡礼どもでも、なんとなく——そうだな、俺はヤガからくる連中というのは、なんとなくヤガへゆく巡礼どもと態度が違う気がしてならんが、それは、結局のところ、ヤガでさまざまな修業をさらにつんで、ミロク教徒としての格が上がったからなのかな、などと考えてすませてしまっていたのだ。あのときにもっと考えればよかったのだが」

「いや、でも、それは私どもではそうそう簡単にわかりようがありませんよ。——なんといっても、私たちはただの旅の巡礼のひとりにしかすぎないのだし、そういうものたちに、そうそう簡単に秘密があかされたり、察せられてしまうようでは、とうてい大事はならないでしょう」

「ということは」

スカールはちょっと面白そうにヨナを見た。

「お前は、ヤガが、このひそかな変革を通して、何か大事をたくらんでいる、と考えている、というわけだな」

「それはもちろんそうに決まっています。これまでどおりの暮らしをしてゆくならば、そんな軍勢などは必要があるはずもないし、また、ミロク教徒は決して軍隊になど志願したり、無理矢理連れてゆかれても、決してそこで戦って人を殺すようなことはしません。――ああ」

ちょっとほろ苦く、ヨナは思い出して頬をゆがめた。

「でも、わかりませんけれどもね。――私は、イシュトヴァーン王がマルガに攻め込んできて、私のあるじのお身の上があやうくなったとき、やはりお守りするにはこのような何の役にも立たぬ私でも剣をとるしかないか、と考えていました。また、あの――お助けいただいた草原でも、私は……落ちていた短剣をひろって、及ばずながら戦おうとしていたかもしれません。あのときに、たぶんもう私はミロクのみ教えにどうしてもかなうことのできぬ身になってしまったのかもしれない……どうあっても許せぬものがある、とか、どうしても力づくで守りたいものがある、などと思ってしまった時点ですでにそれは本当の意味での――おおもとからの教義、という意味でですけれども、ミロク教徒とはとても申せません。たとえ、目の前で愛する者を惨殺され、すべてを奪われようとも、それをするものの魂が救われますようにと祈り、そして許すのがミロク教徒というものなのですから」

スカールはそっとあたりを見回してから、いちだんと声を低めた。

「くたばってしまえ、と俺ならばいいたいところだ。目の前で愛する者を惨殺されても許すような愛とは、いったいどのような愛だ。それを命じる神とは、いったいどのような神だ。——そのような神は草原にはおらぬ。それだけは確かだ」

「私もそう思いました」

ヨナは静かにいった。

「確かに、草原にはミロクはおられぬ、と——わずか二歳にもならぬ赤ん坊の生首が、はねられてまるでそこから生えたかのように地面にころがっているのを見つめながら、そう思っていました。ミロクはこたえぬ——ミロクはどこにゆかれた。ミロクはこの草原にはおいでにならぬ……と。といって、このヤガにいる、とも……いまは思えませんし、では中原のほかの場所にゆけばミロクが存在しおわすとも思えません。たとえ、そこがミロクの村で、みながミロクのみ教えを忠実きわまりなく守っていたとしても……そこに、おそろしい敵が攻め寄せてきたとき、そこはあまりにも簡単に、ミロクの存在しない地獄にかわるでしょう。——かつては、そのような凄惨な地獄にあっても、やはり許し、許し、許すのがミロク教徒なのだ、と思い、またそのように教えられていたものでしたが」


「そんな教え——」

「俺は信ぜぬ」

かたい口調でスカールは断言した。

「俺は何があろうと――そもそものような教義がこの中原で成立しうる、ということを信ぜぬ。中原と限ったことではない。――ひとの住まうところはすべてこれ、決して平和の楽土たりえぬ欲望と、そしてむごい戦いの場だと俺は信じている。これまでそう信じてきた。――ひとが十人と寄り集まればそこにはもう、上下の別が出来、ねたみそねみが生まれ、そして私利私欲が生じるものだ、とな。そこにきれいな女のひとり、何かもうけ話のひとつでもあってみろ。たちまちに、そこはもう凄惨な修羅の地獄となるぞ」

「太子さまはずっとその地獄を信じてこられたのですね」

思わず、警戒して偽名を使うことさえ忘れて、ヨナはつぶやいた。

「おそらくそうなのでしょう。草原とは、そういう場所でもあったのでしょう。――私も、でも……沿海州がこの世の楽園でありえないことも、少年のときに知って沿海州を捨てましたし――といって、たどりついた中原の華とよばれる王国パロもまた、それなりに人間のすまう、人間どもが右往左往する『この世』にしかすぎなかった――私の姉だの、父だのが夢見ていた、極楽浄土、などというものは結局ヤガにしかないのかと思い――」

「そして、そのヤガもまた、ひとの住むところにほかならぬ、ということを見出した、というわけだ。何も迷うことはない」

スカールはそっけなく云った。

「俺がお前と同じ教えを信じていないから、というわけではなく俺はそう思う。この世に王道楽土があると説く宗教があれば、それはいかがわしい。いずれあの世にゆけば極楽浄土があるから、それまでこの濁世で耐えて生きよと教える宗教があれば、それもまた、俺にはあまりにも怠惰であったり、不遜であったりするように思える。この世は、所詮ただのこの世だ。どうして、そう思えぬのだ。どうして、この世そのものを受け入れ、この世そのものを生きてゆく、ということがかなわぬのだ。――天国などというものは俺は信じぬし、といって地獄があるとも思わんぞ。いつか、どこかの世で、リー・ファと会えることがあればとも思うが……そんなもの、この俺のいのちがくたばってしまえば、そのあとに、俺の意識が残るかどうかどうしてわかる。これまでどんな伝説があったにせよ、吟遊詩人どものいい加減なサーガがあったにせよ、本当に地獄から生きて戻ってきて、死ぬとはこういうことだ、と詳しく告げた人間など、結局は実際にはいなかったではないか」

「それはまったくその通りです。吟遊詩人のサーガというのは、あれはそれこそ、ただの伝説にすぎませんから」

ヨナは賛成した。が、そのとき、就寝を告げる鐘が響いたので、その話はそれまでになった。

イオ・ハイオンは、客人たちが、おのれの館を引き払うことについては、ひどく神経質で、決してそうさせまいとあれやこれやと防衛したが、そのかわりに、昼間のうち、客人たちがやることなすことについては何も干渉しようとはしなかった。というよりも、日中は、かれらはほとんど放っておかれていた――イオにせよ、おのれの商いなり、おのれのわざがきっとかなり多忙であったとみえて、夕食どきになるまで、あまり、館のなかに姿をみせることはなかった。

イオは朝食や昼食はみなと別にとっているようすであった。昼は、大食堂にすがたをあらわすこともあったが、そういうときには、食客たちはたいてい立ち上がって頭をさげ、いっせいに合掌してミロクの感謝のことばをとなえて、太っ腹なこの家のあるじに対してあつい感謝の気持ちを述べるのであった。イオは鷹揚にそれに対してうなづきかけ、「何も不足しているものはないか」「何か用があれば、遠慮なく自分の私室に訪れてきてくれるよう」とくりかえして皆に述べる。いかにも、太っ腹な上に寛容で人柄の出来た大人物らしかったが、それでいて、彼はここにいるものたち全員に、おのれの館から立ち去ることを禁じ、行動の自由を奪っているのであった。だが、それについて文句をいうのが恐しいのか、それとも満足しているのか、それについて、口に出すものは、

あのエルラン以外にはまったくいなかった。というよりも、基本的にみんな、互いには
あまり親しくならぬように気を付けているようであった。それももしかしたら、イオがそれとなく、巡礼同士が仲良くなってあまりに詳しいうわさ話や身の上話をかわすように
にならぬよう、と仕向けていたのかもしれない。エルランも、あれきり、ヨナたちの目
に見える範囲にはほとんど顔を出さず、たまに顔が見えるときがあっても、おのれの仲
間たちらしい巡礼たちと一緒に、あわただしく食堂を出ていったり、あるいはほかの同
じくらいの年頃のものとともに一生懸命豆の皮をむいていたりするところで、ヨナやス
カールをみても、会釈ひとつするでもなく、知っているようすをするでもなかった。も
しかしたら、エルランは、あのようにして新入りの部屋を訪れて警告したことで、かな
り痛い目にあったか、仕置をされたか、厳重に注意されたのかもしれなかった。
それでも、とにかく昼間のあいだの行動の自由が確保されているというのはたいへん
ありがたいことであった。もしそうでなかったら、このヤガに到着してからわずか数日
で、スカールも爆発してしまったに違いない。スカールなどは、草原の騎馬の民である
から、ことのほか、軟禁状態や、やることもなく無為のまま部屋におしこめられている
ような状態には弱かったのである。
だが、イオは、外出帳に出入りをつけるように――それは「食事のときの人数を正確
に把握しておきたいので」といわれてしまえば、食客としてはまことにもっともな言い

分と受け入れなくてはならなかった――きびしく云っただけで、外出そのものについては、何処へゆくだの、何をしてきただの、誰と会ってきただの、というところまでは干渉してこようとしなかったので、ヨナとスカールは、最初はイオの、「退出禁止」発言に茫然としたものの、その後ようすが知れてくると、最初の計画どおり、探している幾人かの人々の行方をたずねあてようと、毎日、朝食のあとから、たいてい夕食の前までは、ヤガの町を歩きまわるようにしていた。また、そうしているものもほかにもけっこういた。

とりあえず、フロリー親子と、そしてラブ・サン老人と娘のマリエの名前をあまりうかつに出してたずね歩いて、かれらがそのような人々を捜しているのだ、ということがあまり有名になってしまうのを、ヨナとスカールは相談して、避けたほうがいい、ということに衆議一決していた。それは逆に、フロリーたち、ラブ・サンたちにも迷惑がかかるかもしれぬ。

といって、あてもなくただヤガのなかを歩き回っていても、ヤガも広い上に、ひっきりなしに巡礼団も入ってきて、人口もかなり多い。かつてヨナが話にきいたころからしたら、人口はすでに十倍ではきかぬくらいに膨れあがっているだろう。その分、ヤガという都市そのものが巨大に膨れあがっているはずだ。そのなかを、二組の親子を何ひとつ手がかりなしにたずねあてようというのは、それこそ、大海に落ちた二本の針を拾い当てようというのにひとしい。ましてや、ここはヤガ、通り過ぎるものたちの大半が同じ黒い巡礼のマントに身をつつみ、おもてを隠している町だ。

それで、ヨナがさんざん考え、知恵をしぼって考え出した、「あまりうわさにならぬ人探しの方法」というのは、こうであった。

フロリーは、ヨナの知るかぎりでは、お針子としてはなかなかいい腕前を持っている。そしてまた、料理人としてもなかなかやれるようだ。そうした家事に堪能な若い女性が、幼い子供を連れてヤガにただひとりやってきて、これといううしろだてもないままに生活してゆかねばならぬとすると、おそらく、十のうち七、八まで、フロリーはその家事の能力をもって身をたてようとするに違いない。ひとことでいえば、家政婦か、料理人、あるいはお針子をなりわいとしようとするだろう。

もしも大きなお屋敷に雇われてしまっていれば、もう、それはそのお屋敷に偶然ゆきあたって、その前でたまたま出てきたフロリーに会うことでもないかぎり、とうてい探し当てることは出来ないが、一方では、ヨナは、出来ることなら自分の身元もだが、特に子供の身元を隠しておきたいフロリーが、そうした、大きなお屋敷に住み込みになるだろうとは思っていなかった。大きなお屋敷であればあるほど、氏素性が知れていることが必要になってくるし、それはフロリーにとっては困ることになる。それに、フロリーはあまり嘘が得意なたちでもなかったと思うし、三歳になるならずの幼い子供に、徹底的に偽名だの嘘の身の上話などを仕込むというのもたいへんな作業である。パロの貴族の館などに比べれば、確かにイオのやりかたをみてもわかるとおり、ミロク教徒のほうが、ひとの秘密に寛大かもしれないが、住み込みで料理をまかせたりするとなると、やはりそこは、どこ出身で、なにゆえにミロク教徒となり、どのような動機でヤガにやってきたか、ということをきびしくきかれるだろう。

それゆえ、もしそうできるのならば、フロリーは、自分でちょっとした小さな店を出して、そこで縫いものやつくろいものをやったり、あるいは菓子を焼いてそれを売ったり、そういうことをするほうを選ぶのではないか、とヨナは考えたのだった。また、フロリーは、クリスタルを出るときに、かなり沢山のせんべつをリンダからも貰っている。それをもとでにすれば、充分に、小さな部屋を借り、小さな店を借りて小あきないをはじめるていどのことは出来るはずだった。

そう思うので、あとは足にまかせて、ヤガの通りを片っ端から――あまりに小さな路地裏では、それこそまた逆に商売も思うようには出来まいし、といってミロク神殿通りだの、南ヤガラ通りのような本当の繁華街では、もうとっくに、すべての空き地は既得権で埋められているだろうから、いまさらフロリーあたりの入り込む余地はないだろう。それを考えると、ヤガがこんなに人口が増えて膨れあがって発展しているのにあわせて、あらたに出来てきた町並み――新興住宅地とでもいったあたりの、その商店街周辺であれば、そういった小さな新しい店も買いやすいし、繁盛しやすいだろう。お前は。

「それじゃ、ヤガの全部のそういう通りをかたっぱしから踏破するつもりなのか、お前は。そりゃあ、大変なことだぞ」

ヨナのその計画を最初にきいたときには、スカールはさすがにちょっと驚いたらしく、目をぎょろつかせて云ったものだったが、ヨナは、「しかしヤガはなんといってもクリスタルだの、またサイロンだののような、本当のたいへんな大都市というわけではございませんから——もともとは、人口もせいぜい五、六万にゆくかゆかないかの小さな都市だったのが、このところの発展で、十倍になったとしてもせいぜい五十万、そのうちの半数以上が巡礼——ということは、ヤガ全土を歩き回ったとしても、ひと月毎日、朝から晩まで歩き回っていればだいたいのことは見当がつくのではないかと思いますし……」という言い方で説得したのだった。

「それに、結局、かれらを見つけだすだけが私の使命ではないわけですので……ヤガの実状をつぶさに見るためには、そのような調査のしかたは願ってもないのではないかと思いますよ。ただ、疲れるのは確かでしょうが……」

「俺はそんなもの、屁でもないさ。だが、お前のほうは見るからにひよわそうだ。お前が、十日とはたたず音をあげるのではないのかと俺は心配するだけだ」

スカールはそういうが、しかし、確かにあまり頑丈なほうではないとはいうものの、ヨナは、いまとなっては、おのれのタフさにいささかの自信をもっていないわけではなかった。なんといっても、あの広大なダネインの大湿原をのりきり、そしてあのきびしい試練をさいごにはらんでいた草原の旅をも、踏破してきたのだ。あれは、なかなかにとてつもない長旅であった——ヨナにとっては生まれてはじめて、というくらいに、たいへんな旅だったのだ。

ラブ・サン老人とマリエについては、これは逆に、あちこちに聞いてまわっても、れっきとした同郷の知人であるのだし、同郷の知人をあてにしてヤガにやってくる巡礼というのはいくらもいる。それゆえ、聞いてまわらぬほうが不自然なくらいだとヨナは思っていた。

「ただ、ちょっと気になるのですが、クリスタルでもあったのですがどこの都市でも、同じ地方や都市からやってきたミロク教徒たち、というのは、それぞれに、集会所を作って団結し、たとえばクリスタル市アムブラ分教会、などといった組織を作ったりするのです。ヤガともなれば、全世界からひとが集まってくるのですから、国別、地方別、都市別、もっといろいろな理由でそういう分教会があっても当然だと思うのですね——集合場所といいますか、そんなようなものが。もともとはミロク教というものは、教会を造ること、神殿を持つことなどを禁止していましたから、そのような集会所で同郷のものたちが集会をする、などというのを理由に集まってミロクさまのみ教えに接する、というのは、ミロク教徒にとってはとてもよくあることだったのです。——しかし、ヤガにきてみて、あれこれ聞いてみたのですが、クリスタル分教会であるとか、それどころかパロ出身者の集まる集会所さえ、きかないという。そのようなことはあまりおこなわれていない、とこのあいだ聞いてみた旅館案内屋のおやじが云っていたのですね」

「ああ。それは俺もきいた」

「だから、パロからきたものたち、クリスタルからきたものたち、アムブラからきたものたちはいったいどこに集まって久闊を叙したり、あるいは新しくヤガにやってきたものを迎えて世話してやったりしているのだろう。——そういうことをしないはずはない宗教なのですが……どうも、何かがおかしい。そのように思われてならないのです」

「それはもう、最初から、おかしなことだらけだ」

スカールは豪快に笑った。

「もう、だから、何かがおかしい、ということは考えるのはやめておけ。考えるだけムダというものだ。もう、この町には、何かの巨大な陰謀が進行しつつあり、町は変貌しつつあるのだ。それだけのことだ」

2

スカールはそれですんだかもしれないが、ヨナのほうは、「それだけのこと」ですますわけにはむろんゆかなかった。

スカールはフロリー親子の顔も、むろんラブ・サン老人親子の顔も知らぬので、別々に手分けして探し歩く、というわけにゆかない。能率は悪くとも、二人でつぶさにヤガの各通り、裏通りなどを歩き回ることになる。ヨナは最初のうち、どうせすぐ見つかるか、せめて手がかりくらいはつかめるだろうと、もう少し楽観していたが、この難儀な踏査をはじめて数日たつうちに、あらためて、自分たちがはじめたのはずいぶんと困難な大事業だったのだ、と気付かないわけにはゆかなかった。

ひとつにはヤガが思った以上にいつのまにか、巨大都市としての発展をとげていた、ということもある。もうひとつには、予想していたよりずっと、小さな店、それこそ屋台のようなのから、かろうじて一間間口くらいの店などが、本当にいたるところにはびこっていた、ということがあった。ということは結局、ヤガの経済活動がそれだけ活発で、イオの店のような大店だけでなく、そういう小店も充分に生活が成り立つくらいに、ひとの出入り、流れ、金の出入りがある、ということなのだろう。それもまたヨナにはけっこう意外だった。ミロク教の教えは、むしろ、そういう派手な経済活動を認めておらず、「ひっそりと生きよ。おのれの食べるものはおのれの手で耕し、すなどり、おのれの身にまとうものはおのれで機を織り、おのれとおのれの家族と、訪れるはらからを養うためにのみはたらけ。富をたくわえ、贅沢をつくすことなかれ」という基本理念に貫かれているものだったからである。

(本当に、ミロク教は私の知っていたものとは違うものになってしまったのだろうか……)

巡礼の姿がやたらと目立つ、ということをのぞけば、べつだん他の商業都市とどこもたいして変わらないではないか、というくらいに、活発に店々が商いにせいを出している中くらいの大きさの通りを眺めながら、ヨナはひどく複雑な気分だった。

そうやって日中歩き回り、夕食までに戻ってきて、イオの館で食事をとり、入浴し、寝る。そのような暮らしを繰り返しているかぎりは、イオ・ハイオンが何か云うこともないし、ほとんどイオとことばをかわす機会もあるわけではない。イオはときたま、まるで生徒たちの様子を点検しにくる教師のように、食客たちが食事しているテーブルのあいだを歩き回って、誰かれに愛想よく声をかけたり、不足なものはないか、などときいたりしているが、たいていの場合、食事がすむとそそくさと立ち去ってしまう。その後にもイオにはイオの予定があるのだろう。いずれ、自分たちの氏素性について探りをいれられるのではないだろうか、とか、悪くすればそれこそ、寝室に召し出されたりすることがあっては困る、と案じていたヨナには、ほっとすることであると同時に、なんとなくあてのはずれたところもあった。イオともう少し話が出来れば、うまく探り出せばもうちょっとはいろいろな事情が明らかになるか、と思っていたからである。

フロリー親子の行方も、ラブ・サン親子の行方も、なかなか杳として知れなかった。最近パロからやってきた巡礼団のうわさも町できくことはなかったし、新しく出来た小さな店、などというものこそ、うわさ話で小耳にはさむ偶然も望めなかった。それに、おそらくフロリーは偽名を使っているであろうし、しかも何の店をやっているのかもわからない——それだけではない。店をやっているだろう、ということからして、ヨナの憶測にしかすぎないのである。

また、ヨナが期待していたような、本当のひょんな偶然で、店先から飛び出してきたフロリーとばったり出くわす、などという可能性も、あまりありそうもないことが、だんだんわかってきた。ほんの小さな店、それこそ屋台に毛のはえた程度の店、などというものは、大きな店のあいだにちょこちょこと存在しているわけではなく、そういう店はまた、そういう店ばかりが蝟集しているあたりにまとまっている。そういう店が一番多いのは、ミロク神殿に向かうミロク大通りの周辺であったが、そのあたりはもう、古くからの店しか見あたらないようだった。

だが、ひとつだけ奇妙な出来事が、ヨナたちをはっとさせた。それは何の前触れもなく、かれらがあてもなく歩き回っていたときに、突然やってきたのだ。

「ミロクのみ恵みを、兄弟よ」

呼びかけられて、反射的にヨナは、「ミロクのみ恵みを」と合掌しながら返答した。

ふりむくと、むろんそこに立っていたのは、見たこともない男だった。フードをうしろにはねた黒い巡礼のマントをまとい、髪の毛は短く刈り込み、かなり精悍な、ねちっこそうな顔つきをした、四十がらみの男であった。その男の次のひとことが、さらにヨナを驚かせた。

「あなたは、ミロクの正しい信仰の光に導かれておられますか？　ミロクの兄弟よ」

「正しい信仰の光――ですか？」

驚きながらも、見知らぬ人にでも丁重に接しなさい、というミロクの教えにしたがい、ヨナは丁重に答えた。

「それが、あなたがどのようなことをさしておられるのかは、私にはわかりませんが、もちろん、つねに正しい光に導かれていたいと望んでおります。それが、ミロク教徒として、当然のつとめでありましょう」

「おおいによろしい」

男は大きくうなづいてみせた。そして、ヨナとスカールとを、目立たぬようにとの心遣いなのか、道の端のほうへ引っ張っていった。

「それではもうひとつうかがいましょう。——あなたがたは、もう、ミロクの新しみ教えに接しておられますか？　それとも、古い、いままさに沈まんとする月の光のように光を失いつつある、古いミロクのみ教えをいまだに遵奉しておられます？　それとも、いまからのぼりくる太陽を暗示する夜明けのような、力強く新しいミロクのみことばに、すでに接しておられる？」

「ミロクの教えに、古い、新しいが存在していようとは、知りませんでした」

ヨナは驚きつつ云った。

「私どもは、まだヤガに巡礼に参って数日にしかならぬものでございます。大神殿へは、何回か奉仕に参りましたが、まだ、どのようにしてヤガでおのれのつとめを見出せばいいのか、はかりかねております。ミロクのみ教えに古い、新しいがあるということはいまはじめてうかがいました」

「それはそれは」

男は、にっと笑った。ヨナは続けて何か云おうとしたが、突然、スカールがヨナの腕をつかみ、そして、（ここは俺にまかせておけ）というようにヨナにうなづきかけると、ぐいとからだを入れ替えて、ヨナの前に出たので、さらに驚いた。

スカールは、さながら生まれついてのミロク教徒ででもあるかのように、落ち着いて、いかにもそれらしく合掌してみせた。

「私どもは、ミロクのみ教えが古くなることがあろうとは、思ってもおりませんでした」

スカールがもっともらしいおとなしやかな口調で云った。

「その、新しいみ教えというのは、どのようなものなのでございますか？　それは、いまや、ヤガでは当然の知識とされているのですか？　私どもは何も知りませぬ。教えていただけるのなら、新しいみ教えについてぜひとも教えていただきたい」

「それはよい心がけです。兄弟よ」

男は大きく何回もうなづいてみせた。

「それでは、お教えいたしましょう。おのれの知るかぎりを人に教え与え、またおのれの知らぬことはひとに教えてもらうのをはばからぬ——それがミロクのみ教えにもある正しい態度です。……ミロクの新しいみことばに興味がおありですか。本当に、ミロクのまったく新しいみことばに接したいと思われますか」

「それは、どのようにすれば手に入るのですか？　書物かなにかに書き込まれて？」

スカールが聞いた。男は首をふった。

「それは口づたえに、人から人へと伝えられてゆく教えです。ミロクも云っておられる。文字のみに頼ることなかれと。それゆえ、もしも新しいミロクの教えに本当に接したいのであれば……そうですね……」

一瞬、男の顔に、迷いにも似たゆらぎが浮かびあがった。それから、男は云った。

「私は、テッサラから参ったセルモという者です。私のいう場所においでになり、テッサラのセルモに聞いたといっていただければ、すぐにあなたがたは新しいミロクの教えをひろめる集会に参加することが出来ます。だが……」

「それはどのようにすれば参加出来るのですか？　どこへゆけばよいのですか？」

さらにかさねて、熱心にスカールはたずねた。

だが、セルモのおもてに浮かんだ迷いの色は、いっそう強くなっていた。セルモはまるで助けを求めるかのようにあたりを見回した――そのとき、ついと、うしろから黒い巡礼のマントに、ふかぶかとフードをかぶった小柄な男がひとり、セルモのすぐうしろに立ったのだった。

セルモは肩越しにその男を見た。セルモのほうがずっと背が高いので、小男はセルモを見上げなくてはならなかったが、そこでなんらかの意志の疎通がかわされたのは間違いなかった。セルモは、ふいに口調をかえた。

「そうですね、いや、いま、すでにある集会はどれもこれも満席になっています。明日またここにおいでになりますか。そうしたら、空席のある集会を探しておいてご案内いたしましょう。そのほうがいい」

「それは満席では、参加出来ぬものなのでしょうか？」

フクロウのようにとぼけたようすで、スカールが追及した。

「私どもは、敬虔なミロク教徒でありますから、一ザンや二ザンのあいだ、ミロクのあらたなみ教えをうけたまわるために、立っていることなど、少しも苦にいたしませんが。むしろ、ミロクのために苦労をたえしのぶことこそ、ミロク様に捧げる私どもの信仰のあかしと考えますが」

「それはたいへんけっこうなお考えです。しかし、申し訳ないが……その、そう、ちょっと私は行かねばならぬところを思い出しましたので……」

セルモはいかにもこの話を打ち切りたくてしかたがないようすで云った。うしろから、小男がさらに何かささやいた。

「それでは明日、この同じ場所に参れば、新しいミロクのみ教えを伝える集会に連れていっていただけるのですね？」

スカールが念を押した。セルモはあわただしくうなづいた。

「そうしましょう。明日の同じくらいの時間に、私もここにきて、兄弟たちを正しい信仰の道に導くお手伝いをすることにいたしましょう」

「では明日、必ずここに参りますからね」

スカールは云った。

「セルモさんも約束を覚えていらして下さいますよう」

「ミロクのみ恵みを」

セルモが話をすべて打ち切りたいかのように云ったので、あわててヨナは合掌した。

「ミロクのみ恵みあれ」

「では明日」

セルモはちょっと不安そうにいうと、そのままそこを足早に立ち去った。そのすぐうしろに影のように、くだんの小男がついてゆくのを、二人は、そちらの二人が角をまがって見えなくなるまで見送っていた。

「驚きました」

そのまま反対側へ歩き出しながら、ヨナはそっとスカールに云った。

「エルシュさまがそのう——まるで、まるきりの本物のように応対なさったので」

「あれで、おかしくなかったかな。だがこれはもしかすると、はじめてつかんだ、きわめて重大な手がかりかもしれないぞ」

スカールは同じように低い声で答える。

「あの話はかなりあやしい。やはりヤガには、あらたな動きが起きているのだ。だが、あの小男がやってくるなり、セルモというやつのようすが急変したのが、ちょっと気になるな」

「私は思いました。――あの小男のほうは、おそらく、私たち――ないし、もしくは私たちのうちのどちらかが、なにものであるのか、知っているやつだったのではないかと」

ヨナは考えこみながら云った。そのあいだも巡礼たちが、うつむきかげんに道を通り過ぎてゆく。一見するかぎりでは、同じような黒いマントに身をつつみ、フードをふかぶかとかぶって、誰が誰やらも見分けがつかぬ。

「だとすると――なんとなく、見張られているような感じがしたことと関係があるかな。それとも、もしかして」

スカールはすばやくうしろをふりかえってみた。

「イオが俺たちに尾行をつけている、という可能性もあるぞ。だとすると、あの小男は、イオの手の者だということも考えられる。――そして、イオはすでに我々の素性を知っているか――少なくともあやぶんでいる？」

「だから、あの『新しいミロクのみ教え』集会に、うっかりとセルモが私たちを誘ったのを、あわてて止めたのでしょうか。だとすると、明日ここにきても……」

「ああ、本当の集会には連れていってもらえぬばかりか、もしかすると、待ち伏せされて囲まれ、敵の手中に落ちるという可能性もあるな」

スカールはつぶやいた。

「これは、なかなか——まあ、あえて、その手中に飛び込んでみれば、少なくとも相手の手のうちはよく見えてくる、ということもなくはないが。だが、俺はそれでもかまわぬが——相棒がおぬしでは、いささか荒事になるのは、心もとないな。剣もない。馬もない場所で、おぬしを庇いながら戦うのではな。さすがの俺も……相手がどのくらいいるかも知れたものではない。何をいうにもここはきゃつらの本拠地のまっただなかだ」

「私は、今日、イオの館に戻ったら、何食わぬ顔をして、『ミロクの新しいみ教え』というものについて聞いてまわってみてやろうと思うのですが」

ヨナは云った。

「それこそ、熱心なミロクの信奉者が、そうと聞いて興味をもった、という顔をして。もしもそれをイオがとどめにくるのでしたら、逆にイオに、あなたは知っているのかと聞いてみようかと思うのですが。無邪気な顔をして」

「それはまあ、きゃつもなかなかただのトルクとも思われぬゆえ、そう簡単に尻尾は出すまいが、そのくらいはやってみてもいいだろう。だが、ああして、地方からのぼってきた事情を知らぬ巡礼たちを集めて、その新しい教えの集会とやらに参加させ、一方では豪商たちが食客として巡礼たちを集めておのれの館にとどめている——どうも、俺には、答えはただひとつしかないように思えるな」

「と、いいますと」

「おそらくは、お前も同じ結論に達しているのではないかと思うが。ヤガには、これまでのミロク教徒、ミロク教団とはまったく似ても似つかぬ、名前は同じミロク教かもしれぬが、内容は戦いをもいとわず、ひとを殺すこと、支配すること、拷問したり思いのままにすることをも恐れぬ連中を集めた集団が出来上がりかけている。――だがおそらく、その数はまだ、ヤガが一国として打って出るほどに、ちゃんとした正規の軍勢を構成するほどの人数ではない――おそらくあの、街道筋で何回かゆきあった『ミロクの騎士』たちが、その騎士団のもとになっているのだが、その数は――まあ、数千から、いって一、二万というところなのではないかな。そのくらいでは、確かに、ひとつの軍事勢力として、四方に認めさせるわけにはゆかない。もうちょっと増えて二、三万あったとしても――国家の軍勢を名乗れるには、十二神将騎士団だけでも十二万五千人を誇るケイロニアとまではゆかずとも、最低限十万は兵士がおらぬことにはな。――まあ、草原の騎馬の民どうしならば、もうちょっと全体に少ない人数でいくさをすることもままあることだが、あそこはことはまったく事情が違う。――しかし、ヤガに巡礼にやってくるようなミロク教徒を、勇猛な兵士に仕立てあげるというのは、相当に困難なことなのではないかと、俺は想像するが、どうなのだろう」

「それが忠実なミロク教徒であればあるほど、不可能だと思いますがねえ」

ヨナは困惑しながら云った。

「とにかく、ミロクの教えは『殺さぬこと、許すこと、愛すること』です。それと、そのような――軍隊を作るなどという考えくらい、相容れぬものはないと思うのですが……」

「だから、その、本来のミロク教とはまったく相容れぬ考えを抱いたなにものかが、いまやヤガを支配しにかかっているということさ」

低く、ほとんど聞こえぬような声でスカールはささやいた。

「そして、そのなにものかとは、恐らく、いずれは全世界各地にひろがる膨大なミロク教団を組織だてて背景とし、さらに巨大な勢力を得ようとたくらんでいるものにほかならぬだろう。――それが本当は何ものなのか、むろん俺にはいまここで知るすべはないのだが、俺にはなんとなく感じられる――結局のところ、ミロク教徒たちが、そのように、戦うこと、おのれを守ること、ひとを疑うこと、敵を敵として遇することを知らぬ――あるいは禁じられているからこそ、その《もの》はそのミロク教徒のすきに乗じて、このようなかたちでじわじわと教団の中核部に入り込むことが出来たのだろう、とな。いずれにせよ、それが『悪しきもの』であることは間違いない。それはいったい、本来のミロク教団の幹部たちにはどのくらい理解されているのか、それとももうすでに、教団そのものがそやつに乗っ取られて、かつてのミロク教の本部とは似ても似つかぬものに変貌をとげきっているのか——まず知らなくてはならぬことは、それだな」

「恐しい……」

思わず、ヨナはミロクの印を切った。

二人は、云わず語らぬうちに人目の多い大通りをはなれ、どちらからともなく、ひとけのない、裏通りの川のほとりへとまた向かっていた。むろん、人前ではしづらい話ばかりだった、ということもある。しかし、それ以上に、スカールはともかく、ヨナは、この、おのれの所属し信じていた教団の変貌ぶりにショックを受けていた。

あたりがひとけのない川のほとりになると、ほっとして、ヨナは誰も巡礼のすがたもない川べりの土手に、規則正しい間隔でもうけられている石のベンチに崩れるように座り込んだ。それは、もしかして、イオに最初に声をかけられたのと同じ川の、さらに下流か上流だったのかもしれない。どちらにせよその川は、ヤガの中心部のすぐうらてを南北につらぬいて流れているのだ。

「私は、もうミロクの教えそのものはともかく、ミロク教団には、そんなに期待することもないし、また、草原での出来事があっていっそう自分の信仰はゆらいでいる——だから、ヤガがどのようなかたちに変貌をとげていようと、もうそれほど驚くこともないだろう、と甘く考えていたのですが……そういうわけにはゆかなかったようです」

いくぶん、ぐったりとして、ヨナはベンチにうずくまり、うなだれて認めた。スカールはその隣にかけて、なおもしきりと何か考えこんでいる。

「それではやはり、自分はまだ、ミロクの教えを信じてもいれば、おのれの信条、支えとも感じていたのだな――やはり、自分は敬虔なミロク教徒の家に生まれ、生まれたときからずっとその教えに接してきた人間だったのだな、とあらためて知らされた思いです。――なんということだろう。ミロク教徒が剣をとり、それをふるい――権力のために戦うなんて。なにものかに支配され、命令を受けて、罪もない人々を殺すようになれるなんて。――そういう自分もでも、草原では、いったんは、復仇心に燃えて血塗られた短剣を手にとりました。あのとき、もう自分はミロク様に見放されたのだ、もうミロク様にはふさわしくない、血なまぐさい考えをもつようになってしまった人間となったのだ、とおぼろげに感じていたのですが……」

「あまり、堅苦しく、あれをしてはいけない、これをせねばならない、と教える教えというのは、俺はあまり信用せぬ」

スカールは低く云った。

「むろん、お前のような人間がそこまで信じていたというのだし、全世界でもじわじわと信徒が増加しているからには、本来のミロク教の教えに何かそういう、これまでの世界になかったような魅力があるのには違いないと思う。だが、それは草原の民であるこの俺にはまったく相容れないし、それに、俺は、力なしで、不戦によってこの世を平和にかえられる、などということは信じるわけにはゆかぬ。――もしそれが本当であれば、おこるはずのなかったようなことが、この世界にはいくらもおこる。俺はそれをずっと見てきたし、ときにおのれの手でそういう事態を招来したり、打開したりしてきたのだ。だから――」

「スカールさま」

ふいに、低く、だが明瞭に声をかけられて、スカールははっと血相をかえた。

ヨナもまた、はっとあたりを見回した。

「アルゴスの黒太子スカールさまでおいでになりますね？　お連れは、ヨナ・ハンゼ博士とお見受けいたしました」

「誰だ」

するどくスカールが云う。ヨナは、ふいにもやもやと空中からあらわれてきた、黒い霧のかたまりのようなものが、ひとの姿――見慣れた巡礼姿とも似ているが、微妙に違う黒いフードつきマントのすがたになるのを見て、はっと身をかたくした。

「魔道師？」

「突然お声をおかけいたしまして失礼いたしました。大丈夫です。ただいまの私の声は、他のものには届いておりませぬ。ずっと、お探しいたしておりましたので……」

「誰だ？」

ヨナも、重ねてきいた。いまや目の前にあらわれた黒いすがたは、丁寧にそこにひざまづいていた。

「申し上げるのが遅くなりました。わたくしは宰相ヴァレリウス配下、一級魔道師バランというものでございます。宰相閣下の御命令を受け、ヨナ博士を保護し、情報を伝え、出来うることならばただちにクリスタルにお戻りいただくべく、ずっとヤガで博士をお捜しいたしておりました。ようやくこうしてお目にかかることが出来て、ほっといたしております。——私の申し上げることが、もしもなんらかの敵のワナでないかとお考えなようでしたら、ヴァレリウス宰相から頂戴しております、命令書をお目にかけるよう云われております」

「その出現のしかたをみれば、あなたがパロの魔道師だということは疑う余地はないけれども……」

ヨナは茫然としながら口走った。

「それにしても、なんて危険なことを。どういう人目があるかわからないんですよ。ここはヤガ——いまやただの巡礼の都ヤガではなくなりつつある、あやしい場所なのだから」

3

「恐れ入ります。それもよく心得ております」

バラン魔道師は頭を垂れた。

「いささか性急にお声をかけてしまいましたが、さきほど申し上げました通り、このあたりには、小さな魔道のバリヤーを張り巡らし、通りすがりのものなどには、私どものかわす声もきけず、私のすがたも見られないようにしてあります。どうぞ、それについてはご安心下さいませ」

「それは、そうもありましょうが……」

ヨナはなんとなく釈然とせずにあたりを見回した。確かにまるでなにものかが通行止めをでもしたかのように、あたりには人影はなく、話をきかれるおそれもない。

「だが、こういう、魔道のあまり使われぬ場所で魔道を使っても平気なのか」

鋭くスカールが割り込んだ。

「魔道を使った、ということそのものが、何かの痕跡になったり、そのあたりにそういう気配を残したりということはないのか」

「それはおそらくないかと存じます、スカール太子さま」

バランは答えた。

「ヤガでは、ミロクのおきてによりまして、魔道を基本的に禁じておりますので、魔道師もヤガにはおらぬはず——魔道師がおらなければ、魔道の痕跡や気配をたぐれるものはいないはずです。ご安心下さい」

「ならばよいが」

スカールも、どことなくまだ不安そうだ。それほど、やはりかれらにとっては、この数日に見せられたヤガの変貌の印象が強いのでもあっただろう。だがバランはあまり気にせぬようすで、早速肝心の用件に戻った。

「それでは、ヴァレリウス宰相の御伝言を申し上げます。——できうるかぎりすみやかに、クリスタル・パレスにお戻りいただきたい。そのために、及ばずながらわたくしにもヨナ博士の今回のヤガ探索の目的をはたすべくご協力せよ、ということでございます」

「出来る限り早く、クリスタル・パレスに戻れと——？」

ヨナは眉をよせた。

「それはまたなぜに？　私はもう、いまのところ参謀長も退いているし、何も公的にパロ政府の仕事にはたずさわっていない状態ですよ。どうして、私がそんなに必要なことがあるのですか？　ヴァレリウスさまには、充分にお話した上で、私の状況をわかっていただいて、こうしてヤガへの旅に出していただけたと思っているのですが」

「クリスタルの状況が変わったのです」

バランは云った。

「ただいま、クリスタルには、ゴーラ王イシュトヴァーン陛下がずっと滞在しておられます。そして、リンダ女王陛下に求婚を続けておられるのですが――えッ？」

いきなり、スカールの血相がかわって、バランの胸ぐらをつかまんばかりに詰め寄ったのだ。バランは思わず、あとずさりした。

「ス、スカール殿下」

「いま、何といった」

凄惨なまでの――ある種、歓喜、とさえいっていいものをたたえて、スカールは呻くような声をあげた。

「ただいま、クリスタルには、ゴーラ王イシュトヴァーンが滞在してリンダ女王に求婚を続けている――だと？　それは、本当か」

「は、はい」

スカールの権幕にまだ仰天しながら、バランは口ごもった。

「私の出発するしばらく前に、イシュトヴァーン王はごく少数の供回りをお連れになっただけで、パロ領内においでになり、そして、クリスタル・パレスに入る許可を女王陛下にお求めになりました。――さんざん論議した揚句、宰相と女王陛下はそれをお認めになり、イシュトヴァーン王を一応客人としてクリスタル・パレスに迎え入れたのですが――そのイシュトヴァーン王の用件というのは、すなわち、リンダ女王陛下に、ゴーラ王の王妃となってくれないかという……求婚にほかならなかったのです。――女王陛下は、自分にはすでに婚約者がいる、といってお断りになっておられますが、イシュトヴァーン王は、ならば、自分の昔なじみである、パロの学者ヨナ博士に会わせろ、ということも言い出されました。それに、イシュトヴァーン王は、すでに、おのれの隠し子がその母親ともども、いったんクリスタル・パレスに養われていたこともご存じで、その母子を出せ、とも云われたのですが、それはヴァレリウス宰相が、すでにその母子はクリスタルを出発した、といってかわされました――またそれは単なる事実なのですが。しかし、それで、イシュトヴァーン陛下は、是非にもヨナ博士と話がしたい、といっておられます。それで、ヴァレリウス宰相が私をここに派遣され、ただちに宮廷に戻るよう、もしもまだ、ヨナ博士がここにこられた用件である、恩人の親子というのを探し出せておられぬなら、それにご協力して、ヨナ博士の後顧の憂いをたつようにと命じられたのです」

「……」

いささか、話の成り行きに困惑のていで、ヨナはスカールをふりかえった。

だが、スカールが、異様な目つきで、バラン魔道師をにらみすえているのを見て、ヨナはいささかひるんだ。——すでにこのしばらくの旅の道中をともにし、幾晩も同じ部屋でとなりあった寝台でやすみ、沢山の話をもして、ずいぶんとスカールとは気脈も通じてきたと思っていたのだが、その異様な形相のスカールは、ヨナのこれまで見たことのなかった、鬼と恐れられるアルゴスの黒太子そのひとであった。

「イシュトヴァーンはいま、なおクリスタル・パレスにいるのか」

スカールは、押し殺した声で囁いた。バラン魔道師が、怯えた表情でヨナを見た。

「云え、魔道師。ヴァラキアのイシュトヴァーンはいま現在、クリスタル・パレスに客として迎えられたままそこにいるのか」

「は、はい」

「何人の供を連れてきたといった、お前は。少ない供回りだけを連れて訪れたといったな」

「は、はい、あの……」

「答えろ」

低く、すべての感情を押し殺したような声のなかに、すさまじい殺気とも、鬼気ともつかぬものがこもっていた。バラン魔道師はたやすくくじけた。

「も、申し上げます。イシュトヴァーン王は一千人の精鋭を率いて国境の町ユノまで来られ、その国境外の自由国境地帯から、クリスタルへ使者をつかわされました。そのの ち宰相と女王陛下との交渉をかさね、それらの軍勢の大半はユノにおき、みずからは二百ばかりの、身辺警備の親衛隊のみを連れてクリスタル・パレスにお入りになっておられます」

「ユノに一千——そのうちクリスタルに二百。ということはいま現在、ユノには八百」

スカールはさらにその押し殺した声のまま続けた。

「それに間違いはないか。狡猾きわまりないきゃつのことだ。どこかに軍勢を伏せているのではないのか。いくらきゃつが豪胆でも、他国の宮廷を訪れ、そこに滞在しようというのに、わずか一千人だけの手兵では心もとなかろう。国境の向こうに、ひそかにかなりの兵を伏せてあるのではないのか」

「そ、それについては私のような、しもじもの者ではなんとも」

バランは口ごもった。

「わたくしは、宰相閣下から命じられたことをただ、そのとおりに申し上げているだけで……」

「イシュトヴァーンはお前に会いたがっているそうだ」

ふいに、スカールはそのするどいほこさきをヨナに向けた。

「何の用か、心当たりはあるか」

「おそらくは……」

ヨナはちょっとおもてを伏せた。スカールの荒々しい憎悪にみちたまなざしに射抜かれるのを恐れた、というよりは、せっかく近しくなったスカールの心が、その話でまたかたくなになってしまうのがヨナには辛かったのだ。

「以前お目にかかったとき、イシュトヴァーンどのは、私に、ゴーラに伺候せぬか、自分とともに来ぬかとしきりと誘って下さいました。——私は、お断りいたしました。私にとっては、イシュトヴァーンどのはすでに、懐かしい、私の命を救ってくれた恩人でもある旧友ではなく、私のただひとりの主ナリスさまを窮地に追い込み、結局ご逝去にまでいたらしめた張本人、としか思えなかったからです。——そのとき、お断りしたことばには嘘はございませんでしたが、そののち、ああ、かつて幼いころに、彼が私のためにしてくれたこと、払ってくれた犠牲のことを考えたら、私の言いぐさはずいぶんと恩知らずではあったと思って、ひそかに後悔したことはございました——とはいえ、たとえ何回誘われようと、私の気持としては……私はもうパロの人間、ゴーラに参るつもりにはなれません」

「その事情はかつて草原でお前を救ったときにも聞いた」

スカールはほんの少しだけ表情をやわらげた。だが、まだ、ヨナを見据える目はこのところまったくなかったくらい鋭かった。

「むろん俺とても、俺のあずかり知らぬヴァラキアでの恩義だの、ゆきがかりだの、因縁だのというものにまで、けちをつけ、お前を困らせるつもりはない。だが、これだけは確かめておきたい。俺はお前を気に入っている。お前は俺の知っているような草原の勇者どもとこそ、まったく異なっているが、お前はお前なりに、きわめて勇敢でもあれば、おのれの戦い方をも持っている男であると評価しているからだ。——だからこそ、俺は確かめておきたい。お前は、いま、イシュトヴァーンの友ではないのだな」

「はい。もう、かつてのような友ではございません。——しかし、恩義は恩義」

「その話はもうよい。ならば、どうだ。俺とイシュトヴァーンが相戦ったとしたら、お前はどうする」

「どうするすべと申しまして、不戦をこととするミロク教徒のわたくしに、どうすることも出来はいたしますまい」

ヨナは静かに答えた。そして、ようやく、おもてをあげて、スカールの猛烈な目を真正面から受け止めた。

「ミロクのとは申しませぬ。ヤーンの運命が、どのようにはたらくのか、その行く末を見届けるまで。——ただし、どちらにも、お味方はいたしませぬ。またわたくしごときが助太刀したところで、かえって邪魔だてにしかなりますまい」

「それは、そうだ」

ようやく、気持がほぐれたように、スカールがにっと笑った。そして、いきなり、ヨナの薄い肩を叩いた。

「そのように、はっきりと云えるところが、俺は、お前が好きだ。——俺の手前をかねて、俺の前では俺の味方をするといい、イシュトヴァーンの前ではイシュトヴァーンの味方をする、とほざくであろう臆病者共が大勢いるこの世の中で、お前は剣をとることこそ知らずとも、ちゃんとおのれの信義を通すすべを持っている。——案ずるな。俺とイシュトヴァーンとのごたごたは、俺の個人的なものだ。そこに、お前を強引に巻き込んだりはせぬ」

「有難き幸せ」

ヨナはつぶやいた。

「だが、それとは話は別だ。——おい、魔道師」

「は、は、はい」

「お前がクリスタル・パレスを出てきたのは——ヴァレリウスの命令によって、ヤガに向かったのはいまから何日前だ」

「それは——それはあの、確か八日ばかり前のことであったと存じますが……」

「八日前か。ならば、そのときにまだ、イシュトヴァーンがクリスタル・パレスに賓客として受け入れられていたというのは確かなのだな。——驚いたことだ」

スカールは思わず、といった口調になった。

「リンダ女王は、それでは、イシュトヴァーンをパレスに受け入れたのか。そして、丁重に手厚くもてなしたのか。——おのれの夫を奪い、なきものにした男が、求婚のためとはいえ——いや、かりそめにも、求婚のためにきたとあらば、貞淑な未亡人としてはもっと亡夫のために激怒して拒んでもよかったはず。——それとも、リンダ女王は、万一にも、イシュトヴァーンの求婚を受け入れそうな見通しはあるのか。どうだ」

「まさかに、それはありますまいかと思います」

見るからにびくびくしながら、バランが答えた。おのれのことばで、スカールの激昂を引き出してしまったら——と、ひどくおそれているように見える。

「それゆえ、女王陛下も、すでに婚約者がいる身ゆえ——パロの血統を継承せねばならぬからだであるので、他国に嫁ぐわけにも、他国の王を夫として宮廷に入れるわけにもゆかぬ、と何回もお断りになられたようです。——しかし折悪しく、クムのタリク大公もまた、リンダ陛下に求婚の意志を明らかにされており、それもありましてイシュトヴァーン王の意志はいっそう固く……」

「いまのパロでは、そのような無礼千万な話を持ち込まれても、それを武力で払いのけることは不可能なのだろうな」

スカールは鼻を鳴らした。

「それはわかるが——しかし、まだナリスどのが逝去されてからそれほど長い時間がたったというわけでもない。なんという無法な話だ——しかもかつて赤い街道の盗賊であったきゃつが、こともあろうに、三千年の伝統を誇るパロの女王に正式に求婚しようなど、俺からみれば、あまりにもたわけた狂気の沙汰のたわごとにしか思われぬ。——武力で無礼を払いのけられぬゆえ、客人としてそのような男でも宮廷に迎え入れて機嫌をとらねばならぬとあるなら、リンダ女王も気の毒というものだが、そもそもやはりその求婚そのものが、あまりにも厚顔無恥の結果としか思われぬな。その意味ではきゃつらしい、と云わねばならぬのかもしれぬ」

ようやく、スカールが、かなり落ち着いてきたようなのをみて、ヨナはひそかにほっとした。そのまま、激昂のあまり、ヤガから飛び出してクリスタル・パレスまで突っ走ってしまいそうなくらいの狂おしい憎悪と、鎮められることのない怒りとが、めらめらと燃え立つようで、ヨナにとってはひどく辛かったのだ。

「それでヴァレリウス宰相はヨナを連れ戻せとお前に命じたのか。イシュトヴァーンがヨナと話をしたいといっているから、という理由で。ばかな」

「それだけではないかと存じますが……」

バラン魔道師は蚊の鳴くような声になった。

「おそらくは、宰相閣下は……ヨナ博士がおいでにならぬので、いまのクリスタル・パレスが非常に運営が困難だとお感じになっておられるのだと思いますが。決して、イシュトヴァーン王の要請のためだけではないかと存じますが……」

「それは、買いかぶりというものだな」

ヨナは苦笑した。

「私は、私ひとりがいなくなったところでパロ宮廷の運営が困難になるような、そんな人物でも才能でもない。私はただ、ヴァレリウスどののお話相手、相談相手を多少つとめていたにすぎぬ。参謀長、などという名前だって名目だけのものだ。それに、私はまだ、ヤガにやってきた目的をまったく果たしておらぬ。申し訳ありませんが、まだクリスタルに戻るわけにはゆかぬ、と、ヴァレリウスどのに、そうお伝えいただくしかない」

「と、申されるだろうとは、宰相閣下は懸念しておられました」

バランは困惑した顔になった。

「そのときには、私と、私の率いてきた部下の魔道師たちがお手伝いして、博士の人捜しのお手間をはぶけ、と——そして、出来ることなら、そのまま博士にクリスタルに戻っていただけるようにと……」

「私は、まだ当分、クリスタルに戻るわけにはゆかない」

ヨナはさらに強い口調で云った。

「それに、イシュトヴァーンどのが、クリスタル・パレスに滞在しているときけばなおのことだ。——私は、いま、イシュトヴァーンどのと顔をあわせたくはない。……彼の要望はわかっているし、それをきくわけにゆかぬことも自分でわかっている。それゆえ、むしろイシュトヴァーンどのがクリスタルにおられるあいだは、私はクリスタルに戻るわけにはゆかない。そう、ヴァレリウスどのにお伝え頂きたい」

「それでは、私どものお役目が果たせませせぬ」

「それは私のあずかり知らぬことだ。バランどのと申されたか？　バランどのが、ヤガで私を見いだせなかったとでもなんとでも、言いつくろっていただけばすむこと。まだヤガにきて、旬日しかたっておらぬ。まったく探索のほうは進んでおらぬばかりか、意外な——そしてきわめて重要かもしれぬ事実が少しづつやっと明らかになりつつあるところだ。いまヤガをはなれることは出来ません」

「そうあっさりとおっしゃられては……」

バランはまた、困惑のていであったが、しばらく考えて、とうとう、切り札を出すときがきた、と決めたようであった。

「実を申せば……」

バランは声を低めた——もっとも、彼の論理からゆけば、ここは魔道師のバリヤーのなかなのだから、そんなふうにして、ひとに聞かれるのをおそれる理由はなかったのだが。

「もう、私は……ヤガに参ってすぐに、目的のもの——ヨナ博士がお探しになっている二組の親子を、発見しております」

「何ですって」

「何だと」

反射的に——

ヨナとスカールの声が交錯した。

バランは、ようやく、多少の自信を取り戻したようであった。

「片方はごく簡単に発見できました。パロからきた巡礼団のラブ・サン老人と、そのむすめのマリエどの、ということで、あちこち探しまわったところ、かれらはミロク大神殿にきわめて近い、《ミロクの兄弟姉妹の家》という建物に、巡礼団ごと滞在しているらしい、ということがわかりました」

「あちこち探しまわった……」

微妙に、ヨナは眉をひそめた。

「それは、いろいろと聞いて廻ったということ？　その格好で、あちこち、その名前を出して、聞いてまわったのですか？」

「必ずしもそうとばかりはございません。ひとのうわさに耳を傾けたり——ちょっとした術をかけて、小耳にはさんだ噂について話させたり……」

思わず、また、ヨナはスカールと顔を見合わせた。

「あなたは、だいぶん、派手にこのヤガで立ち回ってしまわれたようだ」

ヨナはちょっと唇を結びしめた。

「私たちは、とにかく、パロからきた巡礼が、パロからきたものたちを探しまわっている、というようなうわさが立たないように、気を付けていたつもりだったのですが。——だがまあ、やってしまったことはしかたがない。……しかし、《ミロクの兄弟姉妹の家》というのは……」

「最近、あちこちに、豪商などが主宰している《ミロクの兄弟の家》というのと、《ミロクの姉妹の家》というのが出来まして」

バランは、なんとなく、おのれの手柄にけちをつけられたのか、というような、いささか心外そうな顔になりながら、ことばをついだ。

「宿のない旅人などがよく、そこを利用しているそうなのですが。この《兄弟姉妹の家》というのは、この系列のなかで一番大きな、ミロクの神官たちも多くそのなかに住まっているという建物なのです。そして、うわさで聞いたところによれば、『選ばれた者たちだけが、この兄弟姉妹の家を訪れ、そして滞在することが出来る』ということだそうで……」

「選ばれた者たちだけが……」

ヨナはまた思わずスカールを見た。

「それは、どういう意味なんだろう……」

「あまり、ろくでもない意味でしかありえなさそうだな」

スカールは逞しい肩をすくめる。

「ならば、でも、そこにゆけば、ラブ・サン老人とマリエ嬢には会える、ということなのですか？」

「そのとおりです。私の魔道を用いて、ヤガにやってきてわずか三日で、私はもうかれらを発見いたしました」

やっと得意そうに、バランが答えた。

「むしろ、ヨナ博士と太子さまを発見するほうに、ずいぶんと時間がかかってしまいました。——今日こうしてお目にかかれたのも、実はほんの偶然のたまものでしたので……これこそヤーンのお導きと感謝しております。いますぐ、私と一緒にヤガを出ていただけませんか、ヨナ博士。むろんスカール太子さまもご同道なさるなら、御一緒させていただきます。ヤガの郊外に、私の部下が、旅支度を用意して、馬車を仕立ててお待ちしております。ヤガ周辺を抜けるまではその馬車でいっていただき、もう大丈夫となったら、魔道で一気に——」

「だから、私は、いまヤガをはなれるつもりはないといっているのに、わからないかただな」

ヨナは苦笑した。

「あなたもヴァレリウスどのの御命令を果たさなくてはならないのかもしれないが、私も私の考えがあってしていることなのです。私はいま、ヤガをはなれて、イシュトヴァーンどののおられるクリスタル・パレスに戻る気はないのだ、ということを、ヴァレリウス宰相にお伝え願えませんか」

「おそらくそう云われるであろう——だから、そのお仕事のお手伝いをし、探されている恩人を発見したら、それで博士はクリスタルに戻って下さるだろうと、宰相閣下は申されましたので……」

「それは、ヴァレリウスどのの勘違いというものだ。私は、ただラブ・サン老人とマリエを見つけ出して、無事でいることがわかればそれでいい、というだけの理由でヤガにきたわけではない」

「もう一組の親子についても、手がかりは得ております」

熱心に、バランは説得した。

「こちらは、どうやらまだ、ヤガに入っていないのではないかと思われます。というよりも、ヤガにきたという痕跡が全然ございません。——しかしそのかわりに、途中までの旅程がすっかりわかっておりますので、そのあとをたどることはそれほど難しくはないのではないかと思います。こちらは、私の仲間の別の若い魔道師が担当しておりますので、それを呼んで、いまの進展具合をきき、もし何でしたらわたくしもそちらと合流してそちらを探すほうに加われば、すぐに……」

「これ以上、ヤガで、魔道師がうろうろしているなどという証拠をばらまくな」

いくぶんけわしく、スカールがとがめた。

「お前はヤガには魔道師はいないからわからぬだろうと云っていたが、逆に、ヤガには魔道師がおらぬからこそ、やたらと目立つ、ということだってあるかもしれんぞ。そうは思わぬのか。それに、そんなに大勢の魔道師が一気にヤガに入ってきたら、それこそ、パロに関係ある事件がヤガでおきている、と宣伝してまわっているようなものだ」

「そうでしょうか……」

不服らしく、バランはおもてを伏せた。

4

「いまはお二人を見つけたからこそ歓喜してついつい性急にお声をかけてしまいましたが、いつもは私も私の部下の魔道師たちも、みな巡礼のかたちにこしらえ、決して巡礼との違いがばれることのないよう、気を付けて行動しております。たぶん、大丈夫だと思うのですが」

「――それでも、あんまり大勢の魔道師がヤガであれこれと動き回っていれば、いつかはあやしまれることになると思う」

ヨナは指摘した。

「もちろんあなたがたにはあなたがたの考えがあってやっていられることと思うし、ヴァレリウスどのの指図も受けているのですから万全ではありましょうけれど、ここはヤガだ、ということも――他の場所のようにはゆかない、ちょっと他の場所と違う常識しか通用しない場所だ、ということも念頭において行動されたらいいと思います。ことに魔道師のマントや行動のしかたと巡礼のマントや立ち居振舞のごくごく微妙な差、本当の巡礼なのか、そう見せかけようとしているのか、というようなことには、ヤガの人たちはけっこう敏感だと思いますよ」

「肝に銘じておきます」

バランはもっともらしく強くうなづいた。

「が、それはさておきまして、いかがでしょうか。クリスタルへなんとかお戻りいただくわけには参らないでしょうか。でないとわたくしも、ヴァレリウス宰相閣下に命じられた用向きが果たせないのですが……その、ラブ・サン老人とその令嬢とのご面会、もしもその《ミロクの兄弟姉妹の家》にお出向きになるのがためらわれるようでしたら、わたくしがそこにいって、かれらと話をし、ヨナ博士がヤガにおいでになっていて、お目にかかりたいといっておられる、という話をいたし、場所をしつらえておきますが」

「そうしてくれれば、都合がいいかもしれないけれど、そのかわりに、万一にもかれらに迷惑がかかるようなことになると困るな……」

ヨナはちょっとためらいがちであった。

「その《ミロクの兄弟の家》という一連のものは、これまでまったくミロク教徒のあいだでは知られていなかったような組織であるだけに、どうも気になってたまらないのです。――それがどのようなものかわかるまでは、うかつに近づかぬほうがよいとも思うし……」

「ですから、わたくしがかわりにということでいかがでしょう」

「フム」

スカールが何を思ったか、じろじろとバラン魔道師を眺めていたが、なだめるように軽くヨナの肩を押さえた。

「そうだな。このままこうしていても、なかなか何の進展もない。思い切って、一歩を踏み出すには、そういう方法もあるかもしれんな。——お前も、思い切って、この魔道師どのに老人親子との面会を、そのなんとかの家以外の場所でしつらえてくれるよう頼んでしまってはどうだ。その親子と会えれば、たぶんそのなんとかの家がどのような組織で、どのようなことが中で行われているのか、少しはその連中が教えてくれて知ることが出来よう。あるいはまったく、それも部外秘になっているのかもしれないが、それならばそれで、ひとつの見通しはたつということになる。——どうだな。魔道師、やってみてくれるか」

「それでもし、お話に納得がゆかれて、ご老人たちは自分の意志でヤガにとどまっている、ということが明らかになれば、博士は、クリスタルにお帰りいただくことが出来ましょうか？」

心配そうに、バラン魔道師はたずねた。ヨナはちょっとかっとなって、もう一度、自分はクリスタルに戻る気はいままったくないのだ、ということを力説しようとしたが、そのとき、やわらかに、だがしっかりとスカールに腕をつかまれて、なんとなくはっとしてスカールを振り向いた。

スカールの黒い深い瞳が、じっと、(俺に任せておけ)といっているかのようにヨナを見つめている。ヨナはちょっと口ごもってから、うなづいた。

「それでは……それはまた、その後の話として……やむを得ないかと思います。では、バランどのにご一任しますから、くれぐれも、ヤガの人々に知られることの少ないような場所で、会えるようにはからっていただければ……」

「大丈夫です。心得ております」

ほっとしたように魔道師は云う。

「では、ただちにその動きにうつり、明日までにはなんとか、ラブ・サン老人と令嬢と、《ミロクの兄弟姉妹の家》以外の場所で面会出来るよう、はかっておきます。ヨナさまがたとは、どちらでどうご連絡したらよろしゅうございましょうか？ 心話を入れてもよろしければ……」

「それは絶対やめて下さい」

あわててヨナはとめた。

「心話はむろん魔道師しか使わない特殊な技術だけれど、それだけに、万一もともと魔道的な素質のあるものや、もと魔道師だったけれどミロク教徒になった、などというものがまぎれこんでいたら、それがヤガでとびかっていたらとても目立ってしまうでしょう。以前、ほかのものはともかく心話についてはかなりこれは素質の問題があって、まったく魔道の修業をしたことがなくても、心話だけは、送れなくても聞き取れたり、受け取れたり、あるいは送ることとだけ出来たりする一般人もいないわけではない、ということをきいたことがあります。——そうですね、私とスカールさまは、アムブラのヨナとエルシュ、という名前で、南ヤガラ大通りの、イオ・ハイオンの館に泊まっています。そちらに直接きて下さると目立ってしまっていけないと思うので、何か使いでも寄越してくだされば、すぐにそこから出てゆきます」

「南ヤガラ大通りのイオ・ハイオンの館、ですね」

バラン魔道師は忘れぬよう復唱した。

「では、これからすぐにラブ・サン老人たちと会いに行ってみます。それに、もう一方のほうも、どのていど進展したか仲間の魔道師に問いただしてみますが、もしもう、その居場所が明らかになっていたら、ヨナ博士はそちらともお会いになりますか？」

「私は……正直、かれらと私がこういう状況で会うのは、けっこう危険をはらんだことではないかという気がしないでもないいんだけれど……」

ヨナはためらった。

「それについては、かれらがどこにいて、どういう状態でいるのか、安全なのか、それさえわかれば結構ですよ。とにかくまずは、ラブ・サン親子の安否を確かめるのが、私の最初の目的だったのですから」

「わかりました。そういうことなら、すぐにでも、明日の時間と場所を御連絡に参ります。私が直接うかがっては目立ちすぎると思われるようでしたら、誰かに伝言を頼みます。——では、ごめん。これからバリヤーをときますので、そのおつもりで」

バランは頭を下げると、忽然と消え去った。

あたりの景色がふいに鮮明になるような印象があり、そうして、一気にまわりじゅうの物音が——たいしていろいろな音がしていたわけでもないが、川のせせらぎだの、向こうの通りを走ってゆく馬車のわだちの音だの、遠い話し声だのが流れ込んでくるような感覚があった。

ヨナとスカールとは、ちょっと顔を見合わせた。

「おい」

スカールが低くいう。

「この場はとにかく早くはなれよう。あの魔道師がなんといおうと、俺はどうも、こんなおおっぴらな場所で魔道を使って、あたりのものたちに見聞き出来ないようにしてしまっていた、ということそのものが、妙に気になってたまらん。そのバリヤーとかいうものは、外から見たら、どういうふうに見えるのだ」

「バリヤーというのはですね……人々の脳に直接働きかけて、ここにくるのをなんとなく避けさせたり、なんとなく、右にゆこうと思っていたんだけれど、右にゆくとよくないことが起こりそうな気がするから、左にいっておこう、などと感じさせたりして、それで人々を遠ざける——また、いろいろな物音も、聞こえない、という暗示をかけて、本当は聞こえても見えてもいるのですが、見えなく、聞こえなかった、と記憶させる、というようなものです。本当の意味で、私たちのすがたが見えなくなっていたり、閉ざされた特別な空間が出来上がるわけではなくて、まわりのものを追い払う、いわば垣根をつくっているようなものです。——強力な魔道師が、そのつもりで作ったバリヤーなら、ちょっと違うと思いますが」

「ということは、『いま何かが妙だった』ということは、十分に、普通の人間にも感じさせるようなものであるわけだ」

スカールは顔をしかめた。

二人は、急いでその場をはなれ、また大通りに向かって歩いていた。今日はもう、かなり探索も気が抜けてしまったので、そのままイオの館に戻るしかないか、というような暗黙の了解もあった。もうそろそろ、午後も少しづつ遅くなりかけてきている。

「あの魔道師め、何かやっかいごとのタネにならねばいいが」

少し歩いたところで、吐き捨てるようにスカールが云った。

「あやつは、ちょっとばかり面倒だぞ。というか、危険だぞ。どうも——あれだけ話をかわしただけのことだが、あまり使えるやつには、俺には思えん。魔道師にも、あんなとんまがいるのか」

「私もその、ちょっと驚きましたが……」

ヨナは苦笑していいのか、困惑していいのか、半分苦笑いの入り交じった顔で云った。

「一級魔道師ですから、ひととおりの修業は積んできているはずですし、ああして出現したり消えたりする手際を見ていても、魔道については一応ちゃんとしているとは思うのですが——まだ、あまり経験がないのか、重大な任務についたことがないのでしょうか。もしかするとかなり若いのかもしれません。魔道師の年はよくわかりませんから」

「そんな、若いやつに、こんな重大な任務をまかせきりにして、ヴァレリウスもばかなやつだな」

なおもするどくスカールは云う。

「あいつは危険だぞ。おのれが、いまどのようなところにいて、何をしようとしているのか、わかっておらん。俺がもし、きゃつの敵——というか、ヤガの人間だったら、あんなふうに目立つ魔道師など、当然、泳がせておいて我々を捜し当て、一網打尽と考えると思うが」

「私もその危険は相当あるように思いました。しかしどちらにせよ、私もスカールさまも、すでにいまの段階で、イオの館から出ることをさりげなく禁じられていたり、また、なんとなく見張られているような気がしたり、かなり危険な状態にいる、といえなくもありません」

ヨナは眉をひそめて答えた。

「そうである以上、どこかで一歩を踏み出さなくてはならない――エルシュさまも、そうお考えになったから、あの男を使う気になられたのでしょう」

「もしかすると、俺は、あれがしつらえた明日のその面会というのが――」

言いかけて、スカールは口をつぐんだ。

「まあいい。俺は俺なりにちょっとどこかで、どういうふうに事態が展開してもいいようなそなえをしようと思っている。お前はイオの館に戻るか。俺はちょっと、いろいろもぐりこんで調べたり、手に入れたりしたいものがあるから勝手に戻る。二人で一緒に戻らんとあやしまれるかな」

「いや、もうそのくらいは大丈夫だと思います。わかりました。私もなんとなくあたりのようすを見てからイオの館に戻っています」

「あの魔道師はおそらく、おのれのごく狭い世界のなかでしか、これまで仕事をしたことがないのだ」

スカールはなおも云った。

「それゆえ、どこでも同じやりかたが通じると思っている。——だが、このヤガは、いま、そうでなくともかなり特別な場所になりつつあるようだ。お前も気を付けるがいい。もう、お前のかつて知っていたミロクの論理は、すべてこの都では通じなくなっていると思ったほうがよいぞ。そして、おそらく、それにかわってあらわれてきているのは、これまでミロク教徒たちがもっとも忌んでいた、《力の論理》にほかならぬはずだ」

「私も、そのような気がいたします……」

ヨナは低く答えた。

「わかりました。私ももう、ヤガがこれまでどおりのミロクの聖地だ、という考えは一切捨てます。もっと賢く立ち居振る舞うように気を付けます。あのバランについては、逆に私は、ラブ・サンとマリエに会うことで、何かが大きくかわるような気がしているのです。もしもそれがワナであったとしても、それは十分に、おかしてみる価値のある冒険であると思っています」

「それは俺もそう思った。だから、そうさせるのに反対しなかったのだ。お前は、その《ミロクの家》というのをあやしんでいるのだろう。そこで、人々が洗脳されているのではないかと——あの、先日声をかけてきた、『ミロクの新しいみことば』というやつだな」

「そうなのです」

ヨナはそっとうなづいた。

「イオの館も一応《ミロクの兄弟の家》には間違いありませんが、あそこではそういう洗脳を受けたことはまだありません。それに、持てるもの、富めるものが、持っていないもの、貧しいもの、困っているものを接待し、もてなし、養ってやるのはミロクの教えとしてごく当然のことです。――しかし、そこから立ち去ってはいけない、というのはあまりにもおかしすぎる。――おそらく、私たちにはわからぬ程度の人数で、ひそかに、イオの館の食客たちも入れ替えがおこなわれているのではないかという気がして、このところ注意深く食堂で見ていたのですが、最近ほら、あの、前はよく見かけた、顔にあざのある中年の男と、それに率いられてきた巡礼団らしい色の浅黒い、ダネインあたりからきたのかという五、六人がいましたね。よく、かたまってひっそりと食事をとり、とりおわると影のように出ていってしまって――それはまあ、ほかのものたちも同じですが、特にひっそりとした連中でしたが、そのひっそりさが目をひいていたので、私は覚えていたのです。しかし、おとといあたりから、あの人たちを見ない。イオはあの館から、誰も出さないという方針なのであったら、あの人たちは退去したわけではなく、もしかしたら、ほかのところに移されたのかもしれない。それが……」

「その《兄弟姉妹の家》かもしれぬ、と思うのだな」

「そして、そこで、『ミロクの新しいみことば』を教えられるのだろうか、この兄弟の家と、新しいミロクの教え、というもののあいだにはおそらく、絶対につながりがある、と思うのです」

「おそらくお前のその推測は当たっているだろう。どちらも、お前が知っていたころのミロク教にはなかったものだし、それになんとなく――うまく云えないが、匂いが似ている」

「ええ」

「お前から、ヤガに来る旅の道すがら聞いたミロクの教え――それはどちらかといえば素朴で純粋な道徳律だ。だが、この『新しいみことば』だの『兄弟の家』だの――『ミロクの騎士』だの、といったもののなかには、むしろ、お前よりも、俺がよく知ってきたような――戦いやわざわいや、おのれの私利私欲や……この世の災厄を招くさまざまな悪徳のかすかなにおいをはらんだ何かがある。それが俺には気になる。――お前の知っていた昔のミロク教徒なら、そうやって接待してくれても、それでミロクの教えを強制しよう、などとは思わないのだろう」

「そうです。折伏《しゃくぶく》はいけないこととされていました。ただ『私はこのように考える。ミロクさまはこのように教えられた』ということしか、許されておりませんでした」

「それはとても珍しい教義だと思うが、それだけに、肝心のまんなかを侵食されてしまえば、どうとでも言いくるめて、何もかわっていないと見せかけたままじりじりと変貌させられてしまうのもたやすいだろう。いずれにせよ、ミロク教は変わってしまった。そのかげには確実に何か、あるいは誰かの陰謀がある。――だがそれは相当進行していると見なくてはならぬ。俺はお前とともにヤガにきてよかったと思うぞ。いまなら、まだ、ヤガの軍勢そのものがさしたる数になっていない。いまならば、沿海州や草原の軍勢が動けば、それなりに食い止められるかもしれん。だがそれが相当な大軍になってしまいでもして――ましてそれが、信仰にこりかたまり、死ぬのを恐れず、どのような戦いをも恐れぬやつらだったりした場合には……」

「それは、たいへんなことです」

ヨナは小さくつぶやいた。

スカールは、道の途中の十字路で、自分はこちらへゆく、という素振りを示した。

「俺は、ちょっとあのバザールのなかにもぐりこんでゆくからな。じゃあ、あとでイオの館で会おう」

「わかりました。ああ、でも、その……」

「何だ」

「あの……いえ、なんでも……」

「おかしなやつだな」

スカールは肩をすくめると、そのまま、ふわりとフードをひきさげ、いかにも巡礼らしい、もうこの数日ですっかり板についてきた態度でうなだれて、背中をまるめるようにして、道の端に寄って歩きながら、突き当たりに見える、いくつかの屋台が並び、共通の屋根がその上にそびえてみえるバザールのほうへ入ってゆく。

（スカールさまは……待たせてある草原の、スカールさまの部の民と合流して、クリスタルへとせめのぼられるおつもりなのですか……）

ヨナは、ひとり取り残されたまま、おのれの口のなかから、ほとばしりかけてそこでつかえてしまったことばをもてあました。

（スカールさまは……まだそんなに、イシュトヴァーンを憎み、呪っておられるのですか。……イシュトがスカールさまの一生の恋人を殺してしまった、ということはうかがいました……でもそれは、その女性が、勇敢にもスカールさまの身代わりに立っての、スカールさまを庇っての戦死であった、ということもうかがっております。……あの、オラス団のものたちのように罪もないのに犯され虐殺されていったものたちもおります。……それと比べようなどとは申しませんが……それでも、スカールさまのお憎しみは、決して――イシュトが死ぬまで、癒えることがないのでしょうか。スカールさまのお心には、《許す》ということは、この一件にかぎっては、ありえない、のでしょうか……？）

（スカールさまは公明正大なおかたです。――恐しいおかたでもあり、いかにも草原の人でもある……しかし、基本は公明正大で、おのれの信念を貫かれるおかただ、ということを、私は、この、スカールさまとともにした旅でよく知るようになりました。……私の思いのなかでは、その、イシュトが手にかけた愛人の一件に限って——スカールさまが、なんとなく、あまりにもスカールさまらしくもなく……あまりに執着され、あまりにいつまでもその事件にこだわっているように思われてしまいます。このようなことを申し上げたらさぞかしお怒りをかうでしょうから、決して申し上げはいたしませんが……）

（スカールさまは、イシュトを何回か殺しかけた、といわれた。そして、必ずそれに成功してみせる、あの男を葬り去らぬかぎりおのれの胸はいえぬし、この世には平和は来ない、ともいわれました……確かに、そうなのかもしれない……いまのイシュトを見ていると、僕ももう……あれが、かつてのヴァラキアの……チチアの王子であったころの、若くて、やんちゃで、乱暴で、無法で、でも潑剌として生命力に満ちあふれていたイシュトヴァーンと同じ人間には思えない。何かにとりつかれた人間、といわれればそうかもしれないし、世界を滅ぼす危険をはらんだ、といわれたら、そうかもしれない……でも、それでも……）

（それでも、僕は……どうしても、イシュトヴァーンを憎みきることは出来ないし、まして、たとえナリスさまのことがあってもやっぱり——《敵だ》と言い切ることもできない。……その意味では、やっぱり自分はもう根っからのミロク教徒なのかもしれない。さっきはああ申し上げましたが――もしも、イシュトヴァーンとスカールさまが、正面きってたたかう、などということになったら……僕はどうしたらいいんだろう。いったい、どうするのが、僕としての正義だろう、正しいことだろう――僕はなんだか、だんだん何もかもわからなくなってきてしまった)

(まるで、何もかもわからなくなるためにこそ、旅に出たみたいだ。――その前から、いろいろと、迷ったり悩んだりすることは多かったけれども……でも、いまは、いろいろ学び、いろいろ見てきて、いろいろ経験して――以前よりももっと、わからなくなってしまっている。いろいろなことに出会い、見たりきいたりすればするほどわからなくなる――世界とは、なんと不思議なところだろう。ナリスさまが、一生かけてでも世界の不思議を追求しようとされたのも無理はない――いったい、誰が、この世界を作ったのだろう――いったいなにものが、われわれに、このようにあれと定めたのだろう。……どうして、こんなふうにして――イシュトを宿敵であるとかたく信じ込み、イシュトを討とうと決意しているひとと……気持が通じてしまい、親しい気持を持ち――だけれども、それでイシュトを討たせることもできぬ、というような苦しみにはまりこんでしまうのだろう。……ミロク教のことだってそうだ。いまの僕はもう、自分がミロク教徒なのかどうかも確言出来ないし、そもそも、自分のひかれたミロクの教えはどこにいってしまったのか、いまヤガにそんなものが片鱗さえあるのかどうかさえわからなくなってしまった……)

(ああ……)

ふいに、ヨナは思った。

(ミロク大神殿にゆこう……)

それは、いわば、本能的——といってもいい、魂の思いであった。

(本当は、ミロクのみ教えでは、そんな大神殿をたてたり、そのなかに大神像をたてたりするようなことはすべて禁じられていたはずだ。——だが、一方では、ミロクさまは、『多くのひとがあまりに強く望むことは、たとえおのれの意志に背くことであっても、はたしてやることに功徳が生まれる』とも説かれた。——ミロクさまが本当にいまこの世においでになれば、いろいろなものごとはすべて解決出来、すべての争いは終わっていたかもしれない——などとはもう、いまの僕は子供ではないのだから、思わない。だが、僕は、もっと……もっと知りたい。どうして、こんなふうになってしまったのか——どうしてこういう世のなかになってしまったのかを。そして、自分がなぜ生まれてきて、自分がなぜかくあるのかを……自分は何におのれを託せばいいのかを——本当は、自分がヤガにきたいと思ったのだって、ラブ・サンたちのことは口実で——真実心の底をさぐれば、おそらくは、このさき自分はどう生きていったらいいのかを、知りたかった、ということだけだったのだから……)

心が決まった。

ヨナは、くるりと向きをかえて、さきほどのスカール同様に、背中をいくぶんまるめかげんにして道の端を歩き出した。それは、いったん左に折れて、さらに曲がってミロク大神殿に直接向かう、ミロク大通りへと向かう道であった。

第三話　ミロク大神殿

1

（ふう……）

一人になって、ヨナは、少しのあいだ、なんとなく、身軽さと自由とを楽しんだ。

スカールが特に気が合わないということはまったくなかった。どちらかといえばおとなしいヨナと、何かにつけて主導的なスカールとはなかなか相性のよい相棒、という感じであったが、もともとが学究肌のヨナである。パロでも、自分の部屋でこつこつと一人本を読んだり、勉強したりすることが一番楽しいたちだ。クリスタルを出て以来の長旅で、ずっと周りに人がいること、そのものに、多少自分が疲れていたかもしれない、と思う。

それに、ミロク大神殿にゆく道は、もう、ヤガにきてから何回も通って、どこから入ってゆくにせよ、けっこう通い慣れていた。

それはヤガの中心部よりやや北東にあって、だがいかにもヤガの本当の中心はここだ、といいたげにずっしりとかまえているかなり大きな建物、というよりは、ひとつの建物だけではなくほとんど、ひとつの地区、といっていいくらいだ。四方八方から蜘蛛の巣のように、入り組んで太い通りや細い通りが大神殿をめがけてのびている。あるいは大神殿をまるで蜘蛛の巣の中央に巣くっている巨大な蜘蛛ででもあるかのように四方に道がのびている。

そもそも、『ミロク大神殿』というものがある、ということ自体が、ヨナにとっては、「原始ミロク教」の教えには反対することである、としか思えなかった。だが、もはや、問題はそんな簡単なものではなさそうだ、もっとずっと重大な何か――根本的にミロク教の構造をも、そのありようをも、変えてしまうような大事件が、いまやミロク教団の中核部で起きつつあるようだ、ということをいやというほど悟ってから、ヨナは、もう、そうやって、ひとつひとつおのれの違和感を数えたてるのをやめ、むしろ、冷静に記録し、すべてを比較し、検討し、研究しよう、とする本来の姿勢を取り戻している。

もともとはミロク教は集会所、教会、神殿といったものを禁じていたが、ある程度以上の数、信徒が増えてくると、どうしても、そうした場所は必要になってくるし、信徒たちも同じ信仰のものたちどうしで集まって、信仰を深める話をしあったり、あるいは助け合いをしたりするような場所を欲しがるようになる。

もともと、ミロク教の場合には、ヨナのヴァラキアでの実家の一家がそうであったように、ひとりが入信すると、その一家全員が入信する、という例がごく多い。そうして、ひと村全部がミロク教徒になって平和な暮らしをいとなんでゆく、というような場合もきわめて多く見受けられるので、そういうときには、村長や、それこそ死んだオラスのようなその村の長老として尊敬されている年長者がミロク教で禁止されている牧師や神官のかわりとなって、ミロクの教えをみなにわかりやすく説明したり確認したり、ミロクの教えを書いた「みことば」を読んできかせたりし、それが村の集会場となっている大きな金持ちの家だの、そういう主導的な地位にある人物が提供してくれた納屋だので行われて、それが定例化しておのずと祈禱集会のようになってゆく、というような、きわめて素朴な発展のしかたをしていったのが、もともとのミロク教であった。

だが、その当時から、「ヤガには、巨大なミロクの神殿があるそうだ」ということはミロク教徒たちにはよく知られており、そして、それはヤガがミロク教徒たちの聖地であって、そこに巡礼の旅をして大神殿に参ることが、ミロク教徒たちの一生の夢であるような、そうした風潮を作り出すみなもととなっていたのである。ほかには一切、そういった教会だの、大きな聖地などがないからこそ、ミロク教徒たちの憧れと夢はすべてヤガに集中していたのだ。

いま、ヨナが歩いて行くその道もまた、むろん、ミロク大神殿に通じている。

ヨナの前後左右に沢山のミロク教徒たちがおり、巡礼たちも数え切れぬほど大勢、ミロクの聖句をつぶやきながら、大神殿への道を歩いている。すでにその大神殿は、道の彼方に、そこにいたるまでのさまざまな建物を圧倒する高さでそびえ立っているので、どこからも決して道を見間違う恐れはないだろう。

それはそこから見える部分だけでさえ、実に堂々たる建物であった。

そりかえった屋根は銅張りになっているのか、きらきらと赤く輝いている。そして、その先端には、かなり太い尖塔が空にむかって伸びている。その尖塔は四角くなっていて、その四角の四つの面にそれぞれ、こまごまとミロクの聖句や聖なる《みしるし》が刻みこまれて飾りとなっているようだ。そりかえった屋根は六角になっていて、その六つの、とがった先端からは大きな鐘によく似たかたちの飾りがつり下がっていた。ここからだから、小さく見えるけれども、そばに寄ってみたら、おそらくはひと一人より背の高いほどの巨大なものであるだろう。

そしてそのまわりに、小さめの尖塔をそなえた、もっとずっとおとなしやかな丸屋根のもっと背の低い建物がいくつか建ち並んでいる。それは、ミロク教の僧侶、神官たちのすまいであり、別院である、ということを最初にヤガにきて、まずは何はともあれとばかりスカールと二人ミロク大神殿に詣でたとき、ヨナは、かたわらで大声で説明している案内人の言葉で知ったのだった。

「ミロク大神殿は巨大な建物ですが、これはミロクさまのおすまいであり、人間の住まうためのところではございません。従ってミロク大神殿に住まっているのは、日々朝な夕なにミロクさまのお世話をし、聖なるお水をさしあげ、花やお供物をさしあげる役目の僧たちのみでございます。その僧たちも、月がわりで出仕しているのであって、よほど位の高い僧官のかた、大僧官、導師、法師さまがたでなくては、ミロク大神殿の奥にミロクさまとともに住まわせていただく、というようなことはとても許されてはおりませんのです」

案内人は手に大きな、ミロク十字を目印に描いた黄色い旗をもち、口をあけて敬虔そうに聞き入っている、いかにもかなりの田舎からヤガにやってきたとおぼしい三十人ばかりの巡礼団のものたち相手に、大声を張り上げて説明していたのだった。

ほかにもそういう案内人たちがいて、それぞれの団を周囲にひきつけて説明をしていて、ミロク大神殿の前庭の部分は、それでおそろしいばかりの喧騒が立ちこめていたが、なかにはそれらとはまったく関係なさそうに、うつむいてフードで顔を隠したまま、大神殿の奥へとすっと入ってゆく集団もいた。それを案内してゆく案内人たちは、そうやって前庭で叫び立てている案内人とは、多少種族が違う、とでもいうかのように、静かでひっそりとしていて、そして胸にはたいていい、ミロク十字の大きな飾りを下げているのだった。

そのなかでもちょっとヨナとスカールの目を引いたのは、ほんのときたま見かけた、フードですっぽりと顔を覆った黒いマントのものたちだった。そのフードはほかのものたちがつけているフードと違って、すっぽりと顔全部を覆い尽くすようになっていて、目と口のところだけに穴があいている。そうして、その黒づくめの顔の部分に、黄色でミロク十字が描いてあるのが、妙に不気味な印象を与える。

そのような格好をしたものが、うなだれたままずーっと神殿に入ってゆくと、叫び続けている案内人の声に聞き入っていた、田舎の巡礼たちは一瞬たじろいで、びっくりしたようにそういう連中を見つめる。だが、それを引き戻すような案内人のいやが上にもの大声が、ただちにまた、かれらの注意をもとのところへ連れ戻す。

「あの、前後左右にぎっしりと並んでいる尖塔のある赤い建物が、ミロクの僧院でありますʼ」

案内人は絶叫していた。

「ここで、ミロクの僧侶たちはきわめて禁欲的な、勉学と修業の日々を送るために、それぞれまったく孤立した小部屋のなかで、ひたすらミロクのみ教えを学んでおります。――ミロクの僧侶たちと神官たちがどこがどう違うかを御説明申し上げましょう。僧、と呼ばれているものたちは、落飾し、ええとつまり髪の毛をすべて剃り上げてしまい、いっさいの欲望をもたず、現世とのかかわりももたず、ただミロクさまにお仕えするためにだけ人生を捧げた、尊い身分のいわば『ボーダサート』様たちです。そうして現世を捨てたかたたちだけが、ミロク様のみ心にふれることが出来、ミロク様のおそばに仕えることを許されるのであります。――それに対して、神官のかたたち、というのは、この十年間にあらたに出来た御身分でありまして、いわばミロク様及び高僧のかたたちをお世話することをなりわいとする、ミロク教団の中核となられるかたたちであります。――ミロクの神官のかたたちは、みな、黒い道衣に青い帯をしめておられます。僧のかたたちは黄色い道衣、お若い雛僧のかたたちは黒い道衣に黄色い帯をしめておられるので、見分けることが出来ましょう。いずれにせよ、ミロク様のおそば近く仕えるかたがた、通りかかられたら、必ず合掌して道をお譲りして差し上げるように。――この大神殿のまわりにある沢山の尖塔と、その下の小さな家々や建物は、ミロク大神殿の別院もありますが、また高僧のかたのおすまいでもあり、また、教団のさまざまなことを決めておられる、たいそうお偉い御身分のかたがた――大師様、導師様、法師様、その下の法衣様、騎士様、姫騎士様、といった、俗世間とはまったくかかわりをもたぬ教団の中心部をなすかたたちのおすまいでもあるのです。もしも、そのなかのどなたかおひとりでも、見かけることが出来れば、それこそ九生までの功徳となりますから、大急ぎで平伏するか、深々と頭をたれ、合掌して、それらのお偉いかたたちの悟りや法力のお余りを頂戴出来るよう、一心不乱にミロク様を唱えましょう」

「ミロクのみ恵みを。ミロクのみ恵みを」

案内人にうながされて、巡礼団のものたちはいっせいに唱える。それは、ヨナは見ていてなんとなく、（多少、イヤな気分のする光景に見えるけれど、それはたぶん、自分がこういうことに馴れていなくて、ヤガもミロク教も変わってしまった、っていうことを、まだ受け入れかねているからなんだろうな……）と考えたのだった。それは、まだ、ヤガにやってきたばかりで、さまざまな目にあったり、ヤガの変貌をしだいによく知るようになる、それよりちょっと前だった気がする。

（あの肉を食べさせる店のおやじも、『大師』というのについていろいろいっていた。五大師、というのがいて、あと、ミロクの騎士、ミロクの聖姫、そしてもっとも位の高い、ミロクのことばを直接聞くことのできる《超越大師》というのがいる、というようなことを云っていたのだったな。——その下にまた、導師だの法師だの、法衣だの、騎士だの姫騎士だの、というものがいるのだとすると、ずいぶんとそれは組織だった、大がかりな構成だ……）

（姫騎士というからには女性なのだな。《聖姫》というのは、違うのかな。それともその聖姫というのが、姫騎士の親玉、というような格好になっているのだろうか。——いまや、ヤガでは、男たちばかりか、女性たちまでも、剣をとって戦う騎士になるよう、仕込まれている、ということなのだろうか。そんな、ばかな）

(そんなふうに、だが、ヤガが武装をはじめたとしたら、これまでヤガが平和な都市であり、決して周囲に侵略戦争など仕掛けないからこそ、ヤガを許して存在させてくれていた、沿海州や、草原の国々が黙っていないはずだ。――それらがいっせいにヤガ制圧に立ち上がったとしたら――それで力をあわせて、連合軍を組織して海と陸から包囲網をしいたとしたら――とうてい、いまヤガが持っている程度の、そんな程度の軍事力ではどうにかなるというものではあるまい……)

(いや、だが、もしも、ヤガが、私がこうして思っている以上に、こっそりと軍事力をたくわえていたのだとすると……最低限でも、何万人なりの軍隊を動かせるようになっていた、と知ったならば――中原には、そうだな……大変な騒ぎがまきおこるだろう。それはもう、これまでまったく何ひとつ案じていなかった足元から、突然に咬竜があらわれてきたほどの、それは衝撃を呼ぶだろう。……いまでも、パロの衰弱と弱体化、ゴーラの擡頭、と中原をゆるがす新しい事態が次々と起こっている。ここで、もし万一、盤石を誇るケイロニアに何か、その盤石をゆるがしてしまうほどのことが何か及んできたら――そして、それとはまったく違うヤガの方向から、こうして突然、かなり無視出来ぬだけの軍事力を持った新勢力として、ミロクの帝国が登場してきたとしたら……)

(それはもう、中原はあらたな、まったくあらたな時代を迎え、風雲と戦乱と、そして一寸先は闇の混沌の時代を迎えてしまうことになるに違いない……はるかな昔に思えるけれども、あの無謀な、ヴラド大公によるパロの奇襲によって黒竜戦役がはじまったそのときから――いままで、ずっとそうなってしかるべき運命の線は続き、そうして、そこへいたる模様を着々とくりひろげていたのだろうか……)

いつしかに、ヨナは、大通りを歩きながら、おのれがどこへ、何のために向かっているのかさえ忘れて、おのれの瞑想のなかに入り込んでしまっていた。

そのへんは、ヴァレリウスからも「あなたの一番困ったクセだな」とよくいわれていた、学究肌の思索癖である。結局のところ、ヨナは、あれやこれやと、思念をめぐらしているこ とのほうが、実際に行動するよりもずっと好きなのだ。

いきなり、うしろから突き当たられて、よろめいたとき、ヨナははじめて、おのれがうかうかと、油断してはならぬような場所ですっかりおのれ一人の思いにとらわれてしまっていたことに気付いた。

「これは、失礼いたしました」

だが、どちらもいやしくもミロク教徒である。一応、突き当たった相手は丁重にわびた。黒いマントをつけ、ごく目立たぬ普通のサッシュをしめた、一見するといかにも何のへんてつもない巡礼である。

「どういたしまして」

ヨナは丁重に答えた。

「すみません、ついつい、こんな人通りの多いところを、ぼんやりと歩いておりました。私の迂闊でありました。……もっと気を付けて歩きますので、お許し下さい」

「こちらこそ、お許し下さい——ミロクのみ恵みを」

「ミロクのみ恵みを、はらからよ」

べつだん、それだけですんだかに見えた——ヨナに突き当たった男は、そのまま、何食わぬ顔をしてヨナを追い抜き、さっさと大神殿のほうへ歩いてゆく。もう、巡礼たちの群れにまぎれて、その姿はどれとも見分けがつかない。

ヨナも、特にそれに気は留めなかった。それほど、痛いほどどしんと突き当たられたわけでもない。急いですりぬけようとしたものが、うっかりしてぶつかったのだろう、くらいにしか考えていなかったので、そのまま、今度はもう、おのれの瞑想のなかに落ちてしまわぬよう気を付けながら、少しづつ夕暮れが落ちてこようとしているミロク大神殿へむかってヨナは急いだ。

もう、大神殿に参詣する大通りにとっくに入っている。さっきまで立ち並ぶ他の建物に、その足元が隠されていたミロク大神殿は、いまやヨナの目の前に、いかにも威風堂堂とそびえ立っている。それは、そびえている、ということばがいかにもふさわしかった。

あちこちに、巡礼のマントとあまり違わないが前がとじている、というだけの黒い道衣に黄色い帯をしめた雛僧たちや、薄い水色の帯をしめた、これはおそらく神官の見習いなのだろう。そういう連中が、それぞれに松明を手にして、大神殿の柱にとりつけられているかんてらだの、上からさげられているランプのろうそくだのに、火をうつしてまわっている。そのたびに、何かミロクの真言をとなえ、そして、帯につけているかくし袋に手をいれて、何かこまかい粉のようなものをとりだして、ぱっとあたりに撒く。そうすると、それが黄色っぽい煙や青っぽい煙になって、あたりにぱっとひろがる。

それに何か薬効がある、と信じられているらしく、それが撒かれると、その周辺にいる巡礼たちは、急いで頭をさげ、手をのばしてその粉の煙をおのれのほうにかきよせるようなしぐさをして、その煙を吸いこもうとする。それも、ヨナが、パロでは一回もついぞ見たことのない奇風だったが、それが何を意味しているのかは、ヨナにはわからなかった。

「はらからよ、お教え下さい。あの人たちは、何をしているのですか」

たまたま、となりを歩いていた巡礼に聞いてみると、巡礼はそちらを見て、うなづいた。

「あれはありがたい《ミロクの煙》を吸いこもうとしているのです。——昼間は大神殿の前に大香炉が持ち出され、そこでミロクの煙がたかれておりまして、私どもは店でミロクの煙の種を買いましてそれをその大香炉に奉納します。そうするとそこからまた、ミロクの煙がたちのぼり、痛いところや苦しいところ、病気も、不運も直してくれると申します。——しかしもう、大神殿は閉まってしまいますので、ああして僧のかたがたが、参詣のものたちに、さいごにミロクの煙をふるまってくれているのでございますよ、はらからよ。また、信仰うすい私どもが奉納するミロクの煙よりも、直接にミロク様に奉仕される、大神殿のかたがたが撒いてくださる煙のほうが、ずっと効力が強いといわれておりますでな」

「ミロクの煙……」

「あの煙を吸いこむと、病の痛みも消え、不運も悲しみも、愛するものを失った苦しみも忘れられるという、まことにありがたい煙でございます」

巡礼は両手を胸にあわせて、有難そうに合掌した。そして、自分も、雛僧が撒いているその煙にあずかろうと、急いでヨナのとなりをはなれて、そちらの柱のほうに向かっていった。

確かに、云われてみると、大神殿の正面の大きな階段のまんなかあたりに、さしわたし二タッドもありそうなくらいの、きわめて巨大な銅製の屋根つきの香炉がそなえつけられていた。それは、六角になっている大神殿のそのそれぞれの面につけられているようだった。だが、雛僧たちが、それに、四人がかりで運んできた巨大なフタをのせようと悪戦苦闘しているところだった。そうやって、フタをしめてしまうと、もう大神殿の

《営業》が終了する、ということなのだろう。見回してみると、なるほど道の両側には『ミロクの煙、五ター』『ありがたいミロクの煙の種、ひと袋四ター』などと書いた紙をはってある、店の前にいろいろな紙袋だの、箱だのを積み上げ、店の柱や壁には真っ赤な紙に金色でミロクの箴言らしいものを書いたのをべたべたと張り付けた、『煙屋』とでもいいたいような小店がいくらでもあった。そのとなりには飴屋があったり、食べ物屋があったり、またミロクの箴言書やミロクの画像、ありがたい光景の絵姿などを売っている店がある。みやげものの巨大な店もあるし、薬屋らしいものもある。

(なんだか……)

なんともいうにいわれぬ違和感――はじめてここに参ったときにはなんとなく圧倒されてもいたし、昼間だったので、巡礼たちの黒いすがたに覆い尽くされてあまり感じなかったのかもしれない、云うにいわれぬ違和感に襲われながら、ヨナは思った。

(まるで……キタイのどこかの町の神殿にきたみたいな気がするな……)

なぜ、どこかしら、このヤガの変化のすべてには、キタイのにおいがする気がするのだろう。

(私は……キタイについてなど、ほとんど知らないんだけれどな……いったこともないし)

だが、クムなのか、といわれれば、間違いなく、クムではない、と断言出来そうだ。

クムならば、たとえエキゾティックでも、もっとはるかに、「中原のかおり」が感じられるはずだ、と思う。なんとなく、ここに展開されている光景は、中原にはない何か、のような気がしてしかたがない。

(なんだか、ひどく――不思議なところに迷い込んでしまったようだ、私は)

ヨナは、大階段にのぼる前に、手前の線香屋で、神前に捧げる線香を束にして、赤い紙をまいてあるものを二つ買った。

もう、大神殿の参詣の正式の時間は終わりかけているらしい。まだ日没にはほんの少し間があるが、それでももう、どんどん、神官たちが、あちこちの戸を閉めてまわったり、地方からの巡礼団らしい連中が案内人に連れられて、回廊から出てきてクツをはいたりしている。

だが、それにかわって、ちゃんと「夜の部の営業」というべきものがあるらしく、雛僧たちがあちこちにあかりをつけてまわり、逆に、大神殿はヨナたちが最初にヤガに到着したときの夜のように、華麗にあかりに取り囲まれて、あかりのかたちに浮かびあがりはじめている。

「はらからよ。夜のご参詣をお望みですか?」

ふいに、かるく袖をひかれ、声をかけられて、ぼんやりとそのあかりが次々と増えてゆく夢幻的なさまに見とれていたヨナははっとなった。

「え？」

「夜の参詣をお望みでしたら、ご案内いたしますよ。——特別料金で、三十タ—頂戴すれば、通常昼間は見られない、奥の院までもご案内出来ますよ。——もしあと二十タ—お出しになるお気持があれば、もっと素晴しい——姫騎士様方のおすまいの僧院のほうまで、ご案内できますよ。——いや、まあ、当然のことながら、外側からこっそり窓のなかをのぞくだけですけれどもね。でも、なにせ、超美人のほまれも高い《黒の聖姫》様も、運よくごく最近ヤガにお戻りになっておられる、といううわさもありますからね。——そんな位の高いかたをひと目でも、遠くからでも拝むことが出来たら、あなた、ミロク様の恩恵まさにここにきわまれりというものです。——眼福ですよ。目がつぶれそうな幸せですよ。普通の巡礼団の昼間のご参拝コースでは、絶対に見られないものばかりですからね。五十タ—の値打ちは十分にありますとも。——如何です？」

「……………」

そこで、「冒瀆だ」といって怒ってしまうほど、ヨナも子供でもなかったし、また、知恵がなくもなかった。

ヨナは、ちょっと困惑した顔をしてみせた。

「それは素晴しい。——でも、私は、遠くからやってきまして……ずっと、はらからのみめぐみをうけてなんとかここまでたどりついた者だものですから、もう、とうてい、そんな持ち合わせがないのです。明日から、なんとかして、仕事を探さなくては、ヤガで半月暮らすこともできないだろうと思っていたところだったのですよ、はらからの方」

「仕事ですか」

相手は声をひそめた。

「じゃあ、よいお仕事をお教えしましょうか。内緒ですが、私はそういうこともやっているんです。あなたはとても運のいいかただ。この私と会ってそういう話が……」

ふいに、うしろから、黒い影のように神官のすがたが二つ、あらわれた。

そして、ぐいと、そのぽん引きの腕を両側からつかんで、ひきずっていってしまった。

あとには、ヨナがひとり、いったいどうしたのだろうと思いながら、しだいにきらかさを増してゆく神殿のあかりのなかに取り残されたのだった。

2

そのあとは、これといってたいしたことも起こらなかった。

むしろヨナは、もっと何かたいへんなことが起こるのではないかとひそかに予想していたので、なにごともなく、参詣をすませ、買った線香の束二つを奉納してあっさりと大階段をおりてくるときに、ひどく拍子抜けがしているくらいだった。階段の上には、回廊があり、それがぐるりと六角の本堂のまわりをとりまいていて、何タッドおきかに飾りを施した柱があって、そこにかんてらがかけられていた。その回廊の内側には、かなり分厚そうな壁と、これも何タッドおきかに上が円形になり、下にゆくにしたがってちょっと広くなっている真ん中であわさっている扉が沢山あって、その扉にはそれぞれに、ミロクのことばを示す絵が描かれていた。昼間の参詣では、その扉は全部開いていて、その奥に入ってゆくとそこに神像だの、ミロク教で高僧とされている人々や歴史上の人物をあらわした像や絵がたくさんかけてあって、その前にもひとつづつ「奉納箱」と書かれた大きな賽銭箱と、そしてその像や絵の大きさにあわせた香炉がおかれていて、人々はそこで持ってきた賽銭を奉納箱にいれ、香炉に線香をたててから、これまた持参してきた小さな膝布団をじかにひんやりする石の床にしいて、そこに膝をついて、額を床にフードごとつけ、長い時間、ミロクに祈ったり、ミロクと対話したりするのだった。

そのあいだじゅう、あちこちで人々が奉納した線香の煙が本堂じゅうに流れており、そしてまた、何かふしぎな、弓をはじいてでもいるかのような音を底流にして、ミロクのみことばを歌うようにとなえる僧たちの声が低く高く流れていて、薄暗い本堂のなかには、それなりの雰囲気はあった。奥半分は、暗くなっていて見えなかったが、さらに奥へ入る通路になっているようだった。

だが全体としてその参詣は、いささかあっけない感を避けることは出来なかった。せっかくはるばると巡礼に聖地ヤガまでやってきて、いよいよ肝心かなめの大神殿に参詣して、そしてその本堂にあがって——それだけかい、というのが、どうしても、はるかな地方からやってきた巡礼たちがひそかに感じてしまう感想だったのである。それは要するに「ただの普通の寺への参詣」と何ひとつ異なるところはなかった。

ましで、夜の参詣となるといっそうであった。夜には、あいているのは正面と、その両脇の小さめの扉だけで、なかはかなり暗くなっていた。ヨナは線香をあげ、膝布団は持ってきていなかったのでそのままマントを二重になるように膝の下にしいて巨大なミロクの座像の前に膝をつき、そして決められたとおりに三拝礼、一叩頭、三拝礼、という手順を繰り返したのだが、それで終わってしまい、もうそれ以外にはすることはなんにもなかった。

ヨナはなんとなくあっけなさすぎる気分になって、上に天蓋のついている、四方に長長と鈍金の綱のような飾りがからませてある柱があって、その柱にまたきらきらとかんてらがいくつかかけてある《御本尊》を見上げた。ミロクの座像、などというものは、ヨナは、見たのはこれがはじめてであった——いや、むろん、最初にヤガに到着して、まずは、というので大神殿に参詣したときに見ていささか驚いたのだったが、そのときにはひとがとても大勢いたので、落ち着いて拝むというほどでもなく、人々の頭の向こうに、それらしいなにか金色に塗られたものがあるな、という程度でしか見られなかったのだ。だが、いまは、本堂のなかは、まだ、感心にも夜にも参詣しよう、という巡礼たちが数十人いたものの、昼間のにぎわいは嘘のようだった。それでもまだ、本当の夜がおりてきたわけではなかったのだから、本当の夜の参詣となったら、本堂はしんとしずまりかえっていたのかもしれない。

ミロクの座像は、片手を右頬にあて、片膝をたて、ものうげに目をなかば伏せている、女性とも男性ともつかぬ、僧形のかなり大きな石像であった。きわめて切れ長の目で、ととのった顔立ちに、寛容そうな笑みを浮かべ、えりもとのゆったりと開いた僧衣を着て、のどのところには何重かの首飾りをかけている。僧形だから頭は髪の毛をそりあげているが、その上から、飾りの環のようなものを額のところにつけていて、その環のまんなかには、「ミロクの心眼」と呼ばれている、目のかたちの彫刻があるのは、ヨナがいくつかの本でみた画像と同じである。あいているほうの手をこちらにさしのべるようにして、「慈悲のこころ」を示し、苦しむ人々をその手に拾い上げてくれるのだという。

ミロク、という人物は、はるか昔にこの地上に実在した人間であり、何回も転生して、男にも女にも、また「男でも女でもないもの」にも、「男でもあり、女でもあるもの」にもなったのだ、ということが、「ミロクの一生」を描いた本のなかに書かれていた。子供のヨナは、それを父や姉が読みきかせてくれるのをききながら、「男でも女でもないもの」「男でもあり女でもあるもの」というのはどのようなものだろうと、あれこれと想像していたものである。

「つまりは、『この世のすべての人の気持ちがおわかりになる』ためだったのだよ」

素朴で不器用な貧しい石工の父が、手にしたミロクの「みことば」をひろげながら、とつとつという言葉が、耳によみがえってくるような気が、ヨナはした。

「ミロクさまは何回もお生まれになり、亡くなられてはまた違う子供のなかに宿ってこの世に戻ってこられたのだが、それはすべてのひとの悲しみを理解し、すべての人間の心をくむためだったのだ。それだから、ミロクさまは、敵どうしの国のそれぞれの戦士にもお生まれになった。それから、肉を食う肉屋にも、それに食われる動物にもお生まれになった。それから、だますあきんどにも、だまされる貧乏人にもなられたことがある。殺した者にも、殺された者にも——そうやって、ミロクさまは、この世のすべての人間だけでなく、すべての動物の気持もわかるようになられたのだ。——そうして、ミロクさまは、心を決められたのだよ。『この世の生きとし生けるものすべては、さいごにはひとつである。殺しあってはならぬ。くらいあってはならぬ。肉を食べなくてはならぬときには、そのウシやヒツジにわびながら、そのいのちをいただき、次の生ではわたくしがあなたに食べられますから、と約束するのだ。殺そうとする者がいたら、欲しがるものをなんでもくれてやればよい。わたしのいのちが欲しいのなら、それをあげましょう、といって殺されてやるのだ。そうすれば、殺す者にその思いが伝わり、殺す者は次の生で殺される者となってその気持を理解して、おのれが殺したことを後悔するようになるだろう』ミロクさまはそういわれた。だから、ミロクを信じるものは、決してたたかったり、争ったり、奪いあったり、とりあったり、おのれを主張しておのれだけが正しいと云ったりしてはならないのだよ、ヨナ」

父はそんなふうにして、幼いヨナにミロクの教えをときかせたものだ。

だが、その父にふりかかってきた運命はきわめて苛酷なものばかりであり、さいごには、ヴァラキアの好色な貴族に、娘も息子も連れ去られ、娘はミロクの純潔の教えにしたがって——その行為自体は本当はミロクの教えに反するものであったが——自殺し、息子までも失うところだった。その上、自分自身は袋叩きにされてからだを悪くし、もう石工さえ出来なくなってしまったのだ。

（お父さんは、まだ――チチアでほそぼそと生きているのだろうか……）

そういえば、長いあいだ、父のことを思いだしたことさえなかった、とヨナは思った。

その父の持っていた本のなかのひとつには、確かに、ミロクがそのようなすがたで転生する挿し絵が描かれていたような記憶もある。だが、いま目の前にあるミロクの座像は、鈍い金色に塗られ、唇は赤く塗られ、切れ長の目はあやしく黒く塗られ、そうして首にかけている首飾りは銀色や紅や緑に塗られていて、いささかけばけばしかった――おそらく、かなり新しいものであるのに違いない。

このあと何十年とたてば、その座像もだいぶん落ち着いて、風格が出てくるのかもしれなかったが、いまのところは、まだ、その色合いはどれもけっこう鮮やかで、それが暗がりに、天蓋の下に沈んでいるところは、なんとなく妙に生々しかった。そこに、ミロクの《本体》や《本心》が存在していようとは、ヨナにはどうしても思えなかった。

だが、丁重に参拝をすませ、ヨナはそれ以上このミロク像に語りかける気力を喪って、外に出た。ゆっくりと大階段を降りてゆくと、入れ違いにまだ階段をのぼって本堂に参拝しようとする巡礼たちがけっこういた。また、ちょっと注意してみていると、それに、すぐにまた、さっきヨナに寄ってきたような、ぽん引き、といっていいのかどうか「特別な参拝」を提案する男が寄ってきて何かささやきかけている。見ていると、それなりに、その話にのって奥へ入ってゆく巡礼もけっこういた。

(なんだか、これは……ミロク教の本拠というよりは……そのへんの、ありふれた、なんというんだろう——観光用のお寺みたいで……)

パロには、「その手」の寺院は沢山ある。

というよりも、クリスタルに沢山あるのだ。なにしろパロはヤヌス十二神教の本拠地である。クリスタルのいろいろなところに、ヤヌス大神殿、ヤーン神殿、カルラア神殿、サリア神殿、ルアー神殿、ありとあらゆる神殿があって、それぞれに門前町がさかえ、それぞれに趣向をこらした土産物、その神独自のありがたいお守り——たとえばサリア神殿ならば、その門前町では、「愛の成就するお守り」だの、「片思いの愛を成就させるためのまじない集」だの、また、あやしげな愛の媚薬だの、けしからぬことを教える本だの絵本だの、また、もうちょっと奥に入ってひそかに大枚の金子をわたせば、さらにあやしげな、男性を元気にするなんとやらなどが売っていようという寸法だし、ルアー神殿ではむろん「強くなりたい男性のための、持っているだけで勇気のわいてくる短剣」なども売っている、という寸法だ。ほかにも、むろん、サリアの像だの、「夫婦和合の秘薬」だの、「ヤーンの知恵を知り、運命の秘密を読み解く」究極の書物、などというあやしげなものが沢山ある。

アムブラなどはそういう小さな神殿もたくさんあったし、ヨナもおおいに面白がってそういうものをひやかしてまわったりもしたものだ。ヤヌス大神殿の本当の本拠地はジェニュアにあって、そこはそれこそヤヌス教一色の信仰の町であるが、クリスタルの町なかにも、小さなその「分社」はずいぶんあった。

(なんだか、そういう――昔ながらの古い宗教の、名物になっている観光地みたいな……)

ミロク教徒の聖地ヤガに関しては、もうちょっと違う幻想を持っていたのだが――すでにもう、ミロク教にもミロク教団にも、何かが起こりかけていて「前のようではない」ことには驚きもしなかったが、それにしても、ひらたくいえばずいぶんと「俗っぽくなってしまったものだな……」という思いだけは、どうしても、ヨナのなかから抜けきらなかった。

最初からこのようなものだったのなら、自分はおそらくミロク教に帰依することもなかっただろうに――そう思いながらヨナは、大階段を降りて、イオの館に向かってあまり急ぐ気持にもなれずに歩き出した。なにごともなく参詣がすんだのは、むろんいいことではあったはずなのだが、なんとなく、いきなり悪人どもに拉致されて神殿の奥に連れ込まれ、「お前は本当はアムブラのヨナとは真っ赤ないつわり、パロのもと参謀長ヨナ・ハンゼ博士だろ。さあ、何を目的にヤガに潜入したのか、ありていに白状しろ」と拷問にかけられたりするほうが、むしろ当然の成り行きだったのではないか、というような、奇妙な不安感があった。

むろん、そんなことになったら困るのだが、それでいて、「なんで、こんなに何一つ起こらないのだろう」という、妙なざわざわした感じがあるのである。スカールとはなれて行動したのはヤガに入ってから、これがはじめてであった。スカールはいまどこでどうしているのか、無事にスカールもイオの館に戻ってくるとしたら、もしかしたら、(すべてを承知の上で、泳がされているのではないのだろうか……?)という、もうひとつの疑惑がわいてくる。

(だが、泳がされているといっても——誰に? 何のために——それとも、何もかもお見通し、というわけなのだろうか? それで、私などがいくらうろうろしたところで知れていると……)

ヨナは、しだいにもうすっかり暮れてきたミロク大通りをはなれて、イオの館のある南ヤガラ通りを目指していたが、ちょっと疲れてきたので、いったん茶でも飲みながら休むことにした。本来なら、馬車でいってもいいくらいの距離のある場所である。

茶屋のたぐいはいくらでも、二、三軒おきに通りにあるし、ちゃんとした店ではなく屋台だの、車をひいてきて店にしているようなものもある。安直に、そのなかのひとつの屋台を選び、ヨナは入っていった。

「いらっしゃいませ」

声をかけられて、ヨナはふいに、何かはっとした。だが、まだ、何も気付かなかった。

「お茶だけでよろしゅうございますか？　それとも、焼き菓子を添えましょうか？　軽いお食事の焼きパンもございますが……」

小さな屋台のあるじは、黒いフードをつけた、だが身のこなしや声からして、まだ若そうな女性であった。そのおだやかな声に聞き覚えがあった。

「あなたは……」

はっとしながら、ヨナは、思わずぶしつけにフードの奥をのぞきこもうとした。婦人はびっくりしたようであった。

「あの？　お客様……」

「フロリー……さん？」

反射的に声が出た。相手はさらに驚いたようだ。

「えッ？」

「もしや――フロリーさんではありませんか？　そうでなかったら申し訳ないが……私です。私……パロの、あの……ヨナというものです」

「まあッ」

低い驚愕の声をきいて、ヨナは、今度こそ、ずっとそうなるのではないかと期待していたあの驚くべき「ヤーンの偶然」にぶつかったのだ、ということを知った。だが、いらえは、予想に反していた。

「失礼ですが、お人間違いではないでしょうか。わたくし、フロリー……などというものではございません。わたくしは、ローラという、ただのお菓子屋の女でございます」

「ローラさん——ですか」

ヨナは、用心深く答えた。そして、フードをなにげなくうしろにずらし、おのれの顔を相手に見せた。フロリーがクリスタル・パレスに滞在しているときに、何回も、夕食をともにしたこともある——もっともたいてい、リンダ女王の陪食であって、クリスタルの風習として、男性の貴族があまり親しい関係でない女性とわけもなく一緒に食事したりすることはありえないから、それほど親しく話したとも云えない。だが、何回かお互いに顔を見て、相手について知っているのは確かである。

「まあ……どうして、あの、こんなところに……」

「私がミロク教徒だということは、あのときにもう、ご存じでしたよね？」

ヨナは驚かせないようにと、穏やかに云った。もう、フロリーは、ヨナである、ということを確かめると、その上、否定するつもりはないようであった——それに、同じミロク教徒である、という親しみは、たしかに、クリスタル・パレスに滞在していたころから、それほど近づきではなかったといっても、持っていたに違いない。

「ああ、はい。いつも、いかにも、ミロク教徒らしいおかただなと思っておりました」

「それで、ヤガにいつか巡礼にたちたいと思っておりましたので——もろもろのものごとが一段落しましたので、それでこうして、特に頼んであちらの仕事をひき、ヤガへやってきたのです。——といって、まだこちらでは何もいたしておりません。実をいうと、パロでの、ミロク教徒の仲間がおりましてね。ヤガにくれば、その行方がすぐわかって、一緒になれると信じてきたのですが、こちらにきてみたら、なんだかとても事情が違っていて、いっこうにうまくゆかないので、途方にくれていたところだったのです。少しでも、存じ寄りのかたにお会いできて、とても嬉しいですよ、ローラさん」

さいごの「ローラさん」をヨナは特に強めて云った。フロリーがそう名乗っているのを、邪魔するつもりはない、とそれによって伝えたつもりであった。

「そうだったのですか……ヨナさま」

フロリーは深くうなづいた。

「ええ、わたくしも、馬車を貸していただけたりしたおかげで、無事にかなり早く——別の大きな巡礼団にも入れていただけまして、つい半月ほど前にヤガについたのです。でも、それで、ヤガでしばらく様子を見ておりますうちに、なんだか——私が思っていたのと少し様子が違うようだ、と思うようになりまして——ああ、そうでした。お茶を差し上げなくては。お腹はおすきになっておられませんの？」

「軽い焼き菓子でも頂戴出来れば嬉しいな」

ヨナは微笑んだ。もともと二人とも、ミロク教にひかれるだけあって、大人しやかでつつましい人柄に共通したところがある。親しく深く話し込んだことはないけれども、最初から、ヨナはフロリーを見たときに、「いかにもミロク教徒らしい、清楚でしっかりとしたいい女性だな」と思ったし、フロリーもまた、数少ないパロ宮廷のミロク教徒として、自分に好意を抱いてくれたらしいことは、なんとなく感じていたのであった。もっともフロリーは、イシュトヴァーンの息子を生んでいる女性なのだ。好意をもったからといって、ただちにもっと親しくなろう、などという対象には、ヨナにとってはならない。

「ちょうど、おいしいのが焼き上がったところですのよ。ではお茶をいれましょうね」

まめまめしくフロリーが運んできてくれた熱いお茶と焼きたての小さな菓子は、ヨナにはこの上もなく美味だった。

「これをあなたが焼かれたのですか？　すごいな。これなら確かに商売が出来る」

「最初は、ヤガでそうやって出来ることをして暮らしながら、息子を育ててゆこうと思って参ったのです」

フロリーは自分もいれたお茶をすすりながら云った。

「でも、なんだか——ヤガにしばらく滞在していたら、私の思っていたのとずいぶんヤガの雰囲気が違っていて――それに、その前にちょっとヤガの周辺の村もいろいろと歩き回ったりしてみたのですけれど、どうも、それもどこも……なんといったらいいのでしょう、ああそう、ぴんとこない、ぴんとこなくて、それで、もしかしてテッサラとか、スリカクラムとか、テル・エル・アラームとか、ああいうちょっと都市部からはなれたところのほうが、やはりわたくしたち親子にはあっているのではないかと思ったのです。――それで、なるべく、頂戴したお餞別は手をつけたくなかったものですから、当面、ヤガで働いて、そういう小さな町で小さな店をやってゆくだけのお金が出来たら、そちらに越そうと考えているところです。この屋台は、ちょっとそのお餞別のなかから――女王様に頂戴したのではなく、宰相様に頂戴した分をちょっと拝借して、貸してもらったものですが、わたくしが見本に持っていったお菓子だの、作ったブラウスだのをとても家主のかたが気に入ってくれたもので、すぐ貸していただけて、いまこの店の裏の小さな小屋に住んでるのですが、たいそうよくしていただいております。――あと半年も真面目に働けば、ありがたいことにずいぶんお客様がきて下さいますので、たぶんヤガから越してもっと小さな町へうつることも出来るようになるでしょう」

「ずいぶんと、しっかりしたかただったんですねえ、あなたは、フロ――ああ、失礼、ローラさん」

いたく感心してヨナは云った。そのくせ、おそらくもし自分も同じような立場にあったら、ヤガの下町で小さな塾をでも開いて弟子をあつめ、同じようなことをしたであろう。

「しっかりなんてとんでもない。わたくし、とても頼りない気の弱い女だものですから、ちょっとでも気になることがありますと、すぐにそこから逃げ出したくなってしまうんですのよ」

フロリーのローラは笑った。

「あの、それで……お子さんは……」

「もちろん、一緒におりますわ」

彼女はかなり警戒心をほどいてきたようすで、ヨナにうなづきかけた。

「いつもはこの店の続きの、裏のその小屋におりますの。決して勝手に出てはゆかさないようにしておりますけれど、なにしろやんちゃ坊主ですからときたま裏通りに遊びにいってしまうようですけれど——ティティ？　ティーティ、いないの？」

「あい」

すぐにいらえがあった。

「ここでは、この子は、ティティと呼んでおります。本名もそれだ、ということにしまして」

店は、それこそ建物の軒先にむしろをかけたような簡素な粗末なものであったが、清潔で、そうしてきちんといろいろなものが取り片付けられていた。ヨナは突然、数ある茶店のなかでなぜ自分が《偶然》にフロリーの店を選んで入っていったのか、理解していた。それは、フロリーの店だけが、ほかの居並ぶ店と違って、とても清潔で、こざっぱりとして、そしてうまそうな菓子の焼きたてのにおいを漂わせ、いかにも歓迎してくれそうな雰囲気を漂わせていたからだったのだ。

（このひとは、どこへいっても生きてゆけそうだな……）

あらためて感心しながらヨナが思っていたとき、そのこざっぱりと片付けられた店の奥の木の戸をあけて、するりと入ってきた、小さな姿があった。

「ティティ、覚えていて？　パロで、クリスタルでお目にかかったでしょう。ヨナさまよ。御挨拶なさい」

「ヨナ……さま」

それは、まぎれもないスーティであった。くりくりした黒い瞳、いかにもやんちゃそうにちょいと上をむいた鼻の先、黒いふさふさとした髪の毛——だが、ヨナがちょっと仰天したのは、ほんのわずか、たぶんこの数ヵ月見ていないうちに、もう、クリスタル・パレスにいたときよりもまたしても、一年とはいわぬまでも半年くらい分、スーティが大きくなったように見えたことであった。背も、ヨナの記憶にあったよりはるかに高かったし、からだつきもがっちりして、もう、立派な幼児であった——どこからどう見てもう赤ん坊でも幼な子でもなかった。幼児、というよりも、「小さな子供」というのにふさわしくなっていたのである。

3

「こんにちは。ミロクのみ恵みがあなたさまのうえにありますように」

さらにヨナが驚いたことに、スーティはにっといかにもやんちゃそうな笑いを浮かべると、きっちりと、そのように挨拶したのであった。あわててヨナは手をあわせ、正規の挨拶をかえした。

「ミロクのみ恵みがはらからの上にありますように」

「すーたん……じゃない、てぃーてぃ、このひと知ってる」

スーティは、じろじろとヨナを見ながら云った。

「おいちゃんとなかよしのおいしゃさんだ。——ちがった、せんせいだ。ね、おいちゃんのせんせいだよね？」

「おいちゃ……ああ——」

それがグインのことかと悟って、ヨナは思わず苦笑した。

「そうですよ。あのときには、陛下のお世話をしておりました。よく、覚えておいでですね」

「おいちゃんどこ？　おいちゃんいっしょ？」

期待にみちた目つきでスーティが聞いたので、ヨナとフロリーは思わず目を見合わせた。その思いには、ちょっと切ないものがあった。

「ティーティちゃん、あのかたは、先生と一緒にはいらっしゃらないのよ」

フロリーは悲しそうに云った。

「そうですわよね？　御一緒ではまさかありませんわよね」

「それはもう、あのかたはあちらにお戻りになり――そして、もう、とっくにもとのお仕事に戻っておいでになりますよ。いろいろのことが、みなもとに戻って――だから私も、こうしてヤガへくることが出来たのです」

「こうして、それが、このようなところでお目にかかれたのは、まさしくミロクのおはからいですわね」

フロリーはつぶやいた。そして、そっと胸もとのミロク十字のペンダントをまさぐった。

「おいちゃんいないの？　てぃてぃおいちゃんにあいたいよ」

スーティが云ったので、また、二人はちょっと涙を誘われた。

「ごめんね、坊や。いつか本当に、会えるといいね。坊やがおとなになったら、会いにいったら、とても喜んで下さると思うよ、あのかたは」

「ぼくがおとなになったら？　いつ？　あとみっつ？　あといつつ？」

せきこんでスーティは聞いた。フロリーは思わずスーティの、むっちりと発達した小さなからだを抱きしめた。

「この子は、なんともないかのように、あの長旅に耐えてくれ、わたくしの旅をも楽しいものにしてくれましたわ」

フロリーは微笑みながら云った。

「いつもわたくしを元気づけてくれ、はげましてくれ、いうことをきいてくれ——本当に、信じがたいほど、素直になんでもわたくしのことばをききわけてくれますの。この子が生まれてから、わたくし、一度として、この子が他の子供のようにぎゃーぎゃー泣きわめいたり、駄々をこねたりするのを見たことがありません。——本当に、天からのさずかりものだと思っております。こんないい子はありませんわ」

「てぃーてぃーちゃんいい子？」

スーティは誇らしげにきいた。フロリーはまたしっかりと子供を抱きしめてうなづいた。

「ええ、あなたは本当に本当にいい子よ。強い子で、よい子で——ききわけのよい、この世で一番よい子だわ」

（こんなふうに抱きしめられて、そんなふうに毎日云われていたら、それは、そうにもなるのだろうな）

ヨナはそのようすを微笑ましく眺めながら思った。

「でも、お二人だけで暮らしておられて、不自由はおありになりませんか。――それに、さっき、ヤガについていろいろ心配がおありになるようなことをいっておられましたね」

「ええ――わたくし、ごく旧弊なミロク教徒だものですから……」

フロリーの顔がちょっと曇った。

彼女は、そうしているととても安心だといわぬばかりに、しっかりとスーティのからだを抱きしめたまま云った。

「最近、ヤガには、『新しいミロクのみことば』というものが、とてもその……流行しているというか、それを説いてまわる人たちが多いようなのです。それがどんなものなのか、わたくしはいつも、店をあけられないといってことわってしまいますので、たまにこの店にそういう勧誘の人がきても、きいたことがないのですけれどもね。あの人たちはいつも、『集会所においでなさい』というんですのよ。ここではお話出来ない、それよりも、大勢の兄弟姉妹と一緒にお話がしたいから、集会所を教えてあげるから、集会に参加して欲しい、と。――わたくし、なんだか、それがそもそも気になって」

フロリーは、誰かが聞き耳をたててはおらぬか、というようにあたりを見回した。

「そうでしょう。私も会いました、そのようなことをすすめる人に」

ヨナはうなづいた。

「新しいミロクのことばだといっていました。——それに、《ミロクの兄弟姉妹の家》というのですか？　それとか、《ミロクの兄弟の家》とか《姉妹の家》とか……」

「わたくしね、ヨナさま」

フロリーはくちびるをきっとひきしめた。そうすると、いかにもおとなしく物静かなフロリーの顔が、なかなかきっぱりとした内面の意志をあらわすものになることに気が付いて、ヨナは、それでこそこうしてひとりで子供を連れて生きてゆけるのだなあ、とまたしてもあらためて思っていた。

「あまり新しいこと、というのは信じませんの。——自分自身がとても旧弊で古くさい、平凡な人間であるせいもございますけれど、新しい教えだの——新しいものは、わたくしにはとても必要ない、というか、扱いきれない、という気がいたしますの。——ですから、もう、なるべく早く……場合によっては、もしも勧誘のひとがもっとしげしげ増えてくるようなら、お金がまだ予定までたまってなくても、ヤガからとりあえずいったんテッサラへ向かおうかと思っております。わたくし、あちらにいたとき申し上げたのを、お聞きになっていたかもしれませんが、ミロクさまの教えにそむいて自殺しようとしたところを救い出され、自由国境の小さなミロク教徒ばかりの村にたどりついて、そこでこの子を生み、二年のあいだそこでこの子を育てさせてもらいました。平和で、そうしてとても楽しい毎日でした。――あの人たちこそミロク教徒で、あの人たちが信じていたものこそがミロクのみ教え、ミロクのおことばで――わたくしは、最初から、きっと、いろいろなことも知らないし、純粋なミロク教徒とは云えないんだろうな、と思っていたのですけれど、あそこの村で暮らして、それでもいいではないかと思うようになったのです。あの村の人たちは、本当のミロク教徒とはどんなものだとか、本当のミロクの教えと新しい教えとか、そんなことにはちっともこだわりませんでした。――そうでなく、ただ、ミロクのことばにしたがって、ミロクの教えにしたがった人々だったんです。平和に、殺し合いやだましあいをせずに生きるのが一番いい、と思っていた人々だったんです。――わたくし、正直いって、ヤガにゆけば、そういう人たちが沢山住んでいて――ヤガというのは、そういう人たちが作り上げている町なんだとずっと信じていました。だから、ヤガにゆこう、そこで子供をそだてようと思ったのです」

「ああ。まったく、おっしゃるとおりです」

「でも、いま、ヤガでは、なんということか、《ミロクの騎士》をおおやけに募集していますのね。――『ミロクの名のもとに聖戦に参加する勇気を持て』というのが、あの募集の名目なんです。それをきいて、わたくし、とてもぞっといたしました。――だって、それはわたくしがこれまでに知っていたどのミロクの教えとも違う、と思えたのですもの」

「ああ、そうです。そうですね」

「ミロクの名のもとに殺し合いをするなんて……」

とんでもない、というように、フロリーは身をすくめ、ぶるぶるっと身をふるわせた。

驚いたようにスーティが母を見上げる。

「母様？」

「なんでもないのよ、スー――ティティ」

フロリーは安心させるように、いとし子に笑いかけてみせた。

「とんでもないことですわ。その聖戦というのがいったい何であるのか、勧誘にきた『新しきミロク』の人たちに聞いてみたことがあります。かれらは、何もいますぐ剣をとって戦おうというのじゃない。だがいま全世界の各地でミロク教徒は非常に増加し、それにつれて弾圧されかけている。あちこちで、いま、徐々にミロク教徒への迫害と弾圧が激しくなろうとしているきざしがある。それに対して、ヤガに逃げ込んでくるミロク教徒のはらからたちを守るのが、その聖戦に参加するミロクの騎士たちの任務なのである、というようなことを云うのでした。――わたくしはこんなただの平凡な女で、何も世界の情勢のことなど存じません。でも、ヨナさま、ミロク教徒はいま、各地で弾圧されかけていますの?」

「さあ、確かにミロク教徒が非常な勢いで増加していて、特にクムだのでは、注目されるほどの勢いで増えているのは本当のことです」

ヨナはゆっくりと考えこみながら答えた。

「ほかの土地でも、確かにミロク教の勢力はひろまっているようですね。でも……特に迫害がはじまっているとか、そういう話は……パロにいたときには聞きませんでした。それよりも——私はパロで聞いていたのは、《あらたな導き手》があらわれて、ミロク教が少しづつ変わろうとしている、というような話だったり——ああ、まあ、迫害というか……草原を通り抜けようとするミロクの巡礼たちは、やはり草原の民に相当ねらわれるようですけれどもね。私が属していた巡礼団の人たちは、草原で悲惨な災難に出会い、全滅してしまいました」

ヨナはそっとミロクの印を切った。

「魂よやすかれ。——しかし、あれは、ことさら最近になって激しくなった迫害、というような種類のものではありますまい。草原の民、騎馬の民というのは、そのようなものなのですから。ずっとそうして、巡礼団に追い剝ぎのような仕打ちをして生きてきた部族もある、ということだったですし。——そういえば、フロ、あ、いえローラさんは、草原をわたって、そういう危険な目にはまったくおあいにならなかった……」

「わたくしが、ある巡礼団に入れていただいたというので、あの、ヴァレ――あ、いえ、あの、宰相様が、その巡礼団に、さりげなく護衛の小隊をつけて下さったのです」

フロリーは云った。

「おかげさまで、そういう話もうわさにはとんでいたのですが、草原を渡る長旅にも、私どもの団はまったく危険を感じないですみました。――そうして、ヤガ圏内に入る前にその小隊のかたたちはいつのまにか、いなくなっておられました――いまにして思うと、魔道師のかたたちもいらしたのでしょうが。たぶん、目立たないようにと考えてくださったのでしょうね。ちょっとはなれてついてきて下さったので、べつだんその巡礼団の人たちに、それがわたくしたち親子の護衛のためについてきた人達だ、とも思われずにすみましたし――本当に何から何までパロのかたたちにはお世話になってしまいました」

「そうでしたか。――私は、そのあと、しばらくマルガにいっていたり、いろいろあったので――それでヤガに入るのがずいぶん、時間がかかったのですけれどもね。草原の旅でも、いろいろとんでもない目にもあいましたし」

「それは、大変でしたのね」

優しく云って、フロリーは、そっとヨナの茶碗をとり、冷たくなった茶を捨てて、新しい熱い茶を注いだ。

「辛い目にもおあいになったのでしょうか。あまり、悲しい思いをされたのでなければいいけれども」

「怪我もいたしましたし——でも、おかげで不思議な出会いもございましたしね。いまとなってみるとすべてがミロクのお導きかな、という気がしますよ」

ヨナは穏やかに云った。スーティは母親に抱きしめられていることに飽きてきたらしく、もぞもぞとその腕から逃げ出して、あちこちをしかつめらしく、何か面白いものはないかと検分している。そのようすを見ると、ずいぶんと大きさは違うとはいえ、どうしてもヨナの目には、赤い街道のレンガの上にまるでそこから生えていたように見えた、幼いユエの生首を思い出してしまうのだった。ユエのほうが、スーティよりは一年以上年も幼いし、見かけでいったらはるかにスーティは年よりも大きいので、じっさいには二、三年、スーティが年長のように見える。

(あんなに幼くて、あんな運命で殺されてゆく赤ん坊もいるし——これだけ数奇な運命で……この年齢でもう、はるかな山岳地帯からパロへ、そしてヤガへと変転を重ねてゆくこういう少年もいるのだな……)

ヨナは思わずにいられなかった。それを思ったとき、自然にことばが口から出た。

「私は、ス——いや、坊やのお父様と同郷のヴァラキアの生まれでして——お父様を昔からよく存じ上げておりました。それどころか、お父様に、読み書きを教えてあげたことさえありましたっけ。――十二、三歳のころに、とても苦境に追い込まれたときに、十六歳のお父様に命を救われ、そうしてヴァラキアを出てパロにたどりついたのです」

「まあ」

フロリーは大きな目をいっそう瞠ってそう云っただけだった。もしかすると、その話はどこかで聞いて知っていたのかもしれないが、もう知っているとも、驚いたとも、彼女は云わなかった。

「これ、ティティ。駄目よ、そんなものを引っ張り出しては駄目」

スーティが、くそ真面目な顔をして、茶碗をとりだし、自分も母親の真似をしてお茶をいれようとしはじめたので、フロリーは叫んだ。

「これ、危いからおよしなさい。お湯は熱いのよ」

「お客様。お茶をどーど」

スーティは反抗的に云った。

「おてつだい、しゅる。おきゃくさまにお茶さしあげるの」

「もう、お茶はさしあげたのよ。さあ、ほら、これをあげるから、これを食べていらっしゃい」

フロリーはあわてて、茶を入れた大きなきゅうすからスーティをひきはがし、盆の上にのっていた焼き菓子をひとつ差し出した。スーティは、そんなものが欲しくてやったわけではないぞ、といいたげに、しばらく考え込んでむっとした顔をしていたが、それからしょうことなしに納得したらしく、お菓子を受け取り、妙な歌を歌いながら食べはじめた。

「これ、ものを食べながらお歌を歌うのじゃないのよ」

「これおかしを食べるおうただもん」

スーティはまた抵抗した。

「お菓子を食べながらお歌を歌わないのよ。お口はひとつしかないでしょう」

「すーたんおくちふたつあるもん。だからうたったりおかしたべたりできるんだよ」

「すーたんはお口はひとつしかありませんよ。——それに、すーたんではないのよ。ティーティーでしょう」

「あ、そうだった」

機嫌よくスーティは云った。

「じゃ、もうひとつおかしちょうだいな」

「晩ご飯にさしつかえるのに」

フロリーは文句を言ったが、どちらにせよ、ヨナとこう話し込んでいると、子供の夕食には遅れるだろうと考えたのだろう、もうひとつ、四角くこんがりと焼き上げたお菓子を取り上げて、スーティにやった。

「ありがとうございましゅ」

礼儀正しくスーティは答えて、今度こそすっかり満足したらしく、まるまるとした両膝をそろえて入れ込みの椅子にすわり、両手で二つの菓子を持って交互にかじりはじめた。

その、なんともいえず可愛らしいようすを、ヨナはじっと見守っていた。フロリーはそのヨナを見た。

「この子、やっぱり——あのかたに似ていますの？　あのかたを知っている人は誰でもが、まるきりあのかたの子供時代に瓜二つだとおっしゃいます。——そうなのでしょうか？」

「こんなに小さいときを知っているわけじゃありませんが。ぼくが知っているのは、十六歳の時の彼ですから」

ヨナは答えた。

「でも、確かに……あのときの面影がありますね。というより——やることなすことが、なんだかむしょうに——思い出させますよ。きっともっとこれよりはずっと、お行儀が悪くて、悪い子だっただろうと思いますけれどね。育ちかたが、まるきり違うから——あの人は、チチアの博奕打ちや娼婦たちに育てられたんですから」

「まあ、もうこんな時間だわ」

ふいにフロリーは叫んだ。半分しめた門口から、ミロク大神殿で打っているらしい鐘の音が流れ込んできたのであった。

「あの鐘をきいたら、夜間営業の許可をとっていない店は、ただちに店をしめて営業を終わらなくてはなりませんの。少しお待ち下さい、いそいで看板をとりこんで、あかりをおとしてしまいますね。せっかくおいでになったのですもの、粗末なものしかありませんけれど、うちでお夕食をあがってゆかれます？　何もありませんけれど……」

「とても魅力的なお誘いです。でも、私も――帰らないと、連れが心配すると思うので」

いささか名残惜しく感じながら、ヨナは云った。

「なんだか、ローラさんのお店があまりに居心地がいいので、すっかり長居をしてしまいました。本当は、ここで夕食を御馳走していただいたほうが、いま泊まっているところに戻るよりどんなにいいかと思いますし、もっとチチアのころのお話もしたいし、――坊やを見ているとちょっとも退屈しませんね。これくらい活発なら、お二人でもお寂しくないでしょう」

「ええ、本当に。この子がいてくれるから、わたくし、ひとりで生きてこられたんですわ、これまで」

「本当にそうでしょうね。でもよければまたうかがわせてください。まだ当分はここにおいでになるのでしょう」

「ええ、ほかにはまだ逃げ出す予定はありませんわ。そこまで、お金もありませんし」

フロリーは笑った。

自分ではまだ気が付いていなかったが、どういうわけか、フロリーは、ヨナと話をしているほうが、いまはもうすでに夢のような遠い思い出になりかけているけれども、マリウスと話しているよりもずっと気楽に、沢山話せるようであった。ひとつには、ヨナもフロリーもとても物静かで、相手のことばをさえぎらないし、反対しないし、また、ちゃんとよくあいてのいうことをきく性格であったし、また、やはり同じミロク教徒である、ということも大きかったのだろう。だが、それだけではなかった。フロリーは、イシュトヴァーンといても、マリウスといても、これほど気楽に、相手を異性であると意識せずに楽しく話している自分を見出したことはなかったのだ。

それはヨナも同じであった。ヨナのほうはもう少しはっきりと、(なんだかとても感じのいい、はじめて親しく話したとは思えないほど気持の通じあう女性だな……)という好意を抱いたのであった。そうして、本当にヨナは居心地がよかったので、ついつい、フロリーのところから、早く帰りたくなかったのだ。

「いま泊まっているところとおっしゃいましたけれど、旅館にお泊まりなんですの?」

フロリーは差し出がましいのではないかと心配しながら聞いた。ヨナのおもてが曇った。

「それが、ちょっと気になる場所なのです。——ローラさんは、私たちより一足早くヤガに入って、しばらくここで商売をされてもいて、いわばヤガについては私の先輩であられる。イオ・ハイオン、という商人についておききになったことはありますか？」

「イオ……いいえ？　何の商人ですか？」

「よくわからないのですが、薬だの本だの、いろいろなものを売っているみたいです。かなり大きな店のようで——南ヤガラ通りに店と家があるのですが、私と連れが、ヤガにきて、宿がまったくとれなくて困っていたときに、親切に——というか、いかにもミロク教徒らしく声をかけてきてくれたので、当然私たちも感謝してそこに泊めてもらうことにしたのです。ところが、これが……」

「……」

フロリーのおもてが曇った。

「これが、そのいわゆる——《ミロクの兄弟の家》だったようなのです。そうしてですね……とてもいま気になっているのが、その翌日に私たちは、宿屋をやっと見つけたのです。そして、そちらに移るといってみたところが、うちの宿主は、とんでもない、自分が親切で泊めていてあげるものを、そんなふうに出てゆくという法はない、ヤガにいるかぎりはそこにいなさい、と……いわば私たちに強引に命じたのです。——あとで話をきいたら、その宿には、もうそういわれて八年から、ヤガに、というかその家にとどめられている、という客もいるというではないですか。その客から、早く出ていったほうがいいと忠告されたのですが、もう、それでも遅かったというか、宿主は、出ていってはいけないというのです。——もちろん、もう、ヤガでの用はすんだのだから、国に帰らなくてはならない、といえば、それはそれで出してはくれるんでしょうが……」

「それは、どうかわかりませんね」

フロリーは眉をひそめた。

「そういう話は、わたくしもちょっと聞いたことがありますわ。それもあって、わたくし、なるべく早くにヤガから立ち退こうと思っていたんですけれど。——わたくしもちょっと、多少は心やすくしている人も出来ていますので、そのへんに、そういう話をきいてみます。でも、《兄弟姉妹の家》には、《新しきミロク》に興味がないのだったら、近づかないほうがいい、とは、私、大家さんに忠告されました。大家さんも昔かたぎの老人のかたで、とてもよくして下さるんです。だから、そのかたのいうことなら、かなりわたくし、信用しています。——あんな《新しきミロク》などというものが出来てきたのは、このほんの数年のことだ、と大家さんは云っておられましたっけ。——なんだか、このごろ、ヤガが落ち着かなくてしかたないし、それに、なんだか見たこともきいたこともないような新しい教えだの風俗だの、風習だのが出てきて、われわれ古いミロク教徒はすっかりめんくらってしまう、と大家さんは云っておいでだったんですよ」

「そうなんですか……」

「そのおうちは、国に帰る、といえば出してくれますの？　だったら、もうすぐにでもそうなさったほうがいいと思います」

「なんとかして、あの館を出るよう、はたらきかけてみようと思います。が、とりあえず今夜のところは、連れもそっちに戻っていますから、私も戻らないと」

「お連れ様は、女性のかたですの？　よけいなことですけれど」

云ってから、フロリーはちょっとふいに頬を染めた。

ヨナも、急にちょっと赤くなった。そして、怒ったように答えた。

「とんでもない。ぶこつな男性の連れですよ。——私は、女性と旅したことはこれまでないんです」

「そうですか……」

フロリーはなんとなく手をのばして、お菓子を食べ終わって足をぶらぶらさせていたスーティをぎゅっと抱き寄せた。急に抱き寄せられてスーティは小さな抗議の声をあげたが、フロリーはその小さな肩になんとなく、顔を隠してしまった。

かれらは、なんとなく、奇妙な気分のなかで黙り込んで、ちろちろと燃えているかまどの火を見つめていたのだった。

4

(感じのいい女性だったな……)

ヨナは、その思いにひたりながら、長い夜道をなにごともなく、イオの館まで帰りついたのだった。

ミロク大神殿からイオの館までは、最初は馬車で十分ほどかかったほどに、それなりに距離があったから、いつもなら、草原の民とは違う文弱のヨナにとっては、歩くのはけっこう辛い長い道のりであったはずだが、その夜は、とりあえずあたたかい焼き菓子と熱いお茶で胃も満ち足りていたせいか、それともずっと考えることのあったせいか、ほとんど苦にならず、あれやこれや、それからそれへと考えながら無意識に足を運んでいるうちに、いつのまにかもう、イオの館のある南ヤガラ大通りに入ってきていたことに、自分自身がびっくりしたくらいだった。

(クリスタルでは、遠くから、宴会の席でリンダさまの隣に座っているのを見かけるくらいだったから——挨拶くらいはしたけれども、親しく口をきいたこともなかったし…

……首にミロク十字をかけているから、ミロク教徒だということはよくわかっていたけれども、いまさらわざわざ近づいて話をしようとも思わなかったし……それに、とにかく私はグイン陛下の係だったから……陛下に記憶を取り戻していただくことと、傷を治していただくことと――いろいろと手一杯で大変だったからな。ほとんど、あの女性には、目をとめていなかった……）

（惜しいことをしたかな。――もっと、クリスタル・パレスで、あのひとと親しく話をしてみるのだった。……あのひとはとてもしっかりとした考えを持っているようだ。それに、見かけは楚々として、とてもおとなしそうで内気そうだけれど、シンはとてもしっかりしているようだな。――それはちょっと話をしてみるとわかる。……ああ、そうだなあ――少しだけ、マリエ嬢に似た感じがするかもしれない。ミロク教徒の育ちのいい女性の典型というか……だが、いや、マリエのほうが、やはり裕福なラブ・サンの令嬢である分、あのひとよりも、やはり甘やかされて育った感じはするな。そういえばマリエ嬢は、わりとよく、甘えかかるような物言いをしていたものだ。――そうされると、私は、まったく人生のなかでそういうことがなかっただけに、なんだか、この女性は私に普通より好意を持ってくれているのかな、と思って――嬉しくなったり、ときめいたり、動揺したりしたものだが……）

（ラブ・サンが、私をマリエ嬢の婿にしたがっていることはよくわかっていたし――そういうこともありうるのだろうか、とは何回も考えてみたことだったが——結局もうひとつ、なんとなくそれを現実のこととして想像してみることが出来なかったのだったな……私は)

(いまもし、マリエ嬢とフロリーさんと二人並べてみるとしたら、きっと、あまり似ているとは思わないだろうな。——確かに、美人という点ではマリエ嬢のほうが——華やかなものを着ているし、髪の毛もちぢらせていろいろな飾りをつけて——もちろんミロク教徒らしく、そんなに華美なわけでもないのだけれども……でも、フロリーさんは、あんなに小柄で目立たなくて、それにああして大きなこざっぱりとした前掛けをかけて、いかにも働く女という感じだけれど、だけれどもフロリーさんのほうが、私には……なんだか美人に見えるような気がするな……)

(これは驚いたことだ……この私が、妙齢の女性二人を比べてどちらが華やかだの、どちらが美人だのと考えているなんて。——そうか、あのひとは……あのひとは、イシュトの息子を生んだひとだったのだな。……ということは、いまでも、イシュトを愛しているのだろうか。——あの子がまた、びっくりするほどイシュトの面影がある——宮廷では、最初にそう思ったけれども、やはり私はグイン陛下のことに気を取られていたし、それに最初とさいごのほかは——確か、あの子供はほとんどもう宴席などには出さなかったようだ。——あの子はあの子で、もらった子供部屋で楽しくやっていたんだろう。

だがほんとに活発で利発そうな子だ。——きっとイシュトも、あのくらいの年頃には、ああいうふうだったんだろう。だが、イシュトのほうがもちろん、もっと悪くて、柄が悪くて、それに積極的で——どうなのだろう、あの子も、そういう環境で育てばそうなるのかな。それとも——ああいうしっかりしたお母さんがあんなに愛して大事に育ててやっていれば……イシュトのようになることはないんだろうか……）

そのようなことを、ずっと考えながら、歩いていたのだ。どのような道をたどっているかさえ、ほとんど無意識だった。

ようやく、イオの館に帰り着いたヨナは、かなり遅くなっているのに、まだスカール——ここではエルシュと名乗っているのだが——が戻っていないのだ、ということを「出入り帳」で知って驚いた。ヨナの足は決して速くはなかったし、それほど急ごうともしなかったので、ヨナがイオの館に帰り着いたのは、もうけっこう夜が更けた時間だったのだ。

「こんなに遅くなられると困りますよ、はらから」

玄関にいた受付の係の老人が、ぶつくさ文句をいった。そのくらいの時間になっていたのだ。

「ちゃんと、覚え書きにも書いてありますでしょう。——ミロクさまの夜の鐘までに戻ってきなさい、と。——お連れさんはどうしたんです。ええと、アムブラのエルシュさんは」

「それが、きょうは別行動だったものですから」

「まだ帰ってない？」

係の老人はなおさらイヤな顔をした。そして何か文句を言おうとしかけたとき、ふいと、奥からイオ・ハイオンが出てきたので、黙ってしまった。

「これは、ヨナどの、いまお帰りかな」

「はい、申し訳ありません。ミロク大神殿に参っていただけだったのですが、帰り道にちょっと迷ってしまったものですから、思いのほかに遅くなってしまいました」

イオと話すのもけっこう久々だった。ヨナは丁重に頭をさげて答えたが、内心では、もしかしてこれは、ちゃんとイオが自分たちを、理が通ればこの館から出してくれるかもしれないかどうか確かめる好機だろうか、と考えていた。

「それはそれはだいぶお疲れになりましたろう。ヨナどのは、学者さんのようなかただから、農夫や兵士のように、歩いたり走ったり、長いことするのは馴れておられますまい」

「はあ……」

返事はしたが、これは、もしかして、学者、ということばを出して何かかまをかけられているのだろうか、とヨナはやや不安になって、それで、その上自分の懸念についてイオと話をすすめようという気持をなくした。

「それでは、失礼いたします。――本当にいつもいつもお世話になっているのに、遅くなってしまって申し訳ないことです。これから、気を付けます。お休みなさい」

「いや、ヨナ先生」

ふいに、イオ・ハイオンは、ヨナに「先生」をつけて呼びながら云った。

「まだそこまで遅い時間というわけでもありませんよ。ちょっと、私の書斎においでになりませんか。お茶でも飲みながら、たまには私と世間話でもなさって下さいませんか。私は以前から、ヨナ先生ともっとお近づきになりたかったのです」

「は……あ……」

「しかしいつもあの、大柄なぶきみなお連れさんがしっかりと一緒にいて護衛しているみたいだから、なかなかヨナ先生にだけお声をおかけすることが出来なかった。今夜は願ってもない機会です。お連れさんはまだ戻っておられないのでしょう」

「ああ、はい、そのう、申し訳ありません」

「いやいや、私は、それのおかげでヨナ先生とだけお話が出来るのじゃないかと思って喜んでいるのです。――夕食は、すまされましたか」

「一応……出さきで軽く食べましたが」

考えてみるとヨナが食べたのはフロリーの焼き菓子ばかりであった。フロリーにすすめられた夕食は断って、そのまま、一ザン以上も歩いて帰ってきたのだ。空腹なはずであったが、何も感じなかったのは、あれやこれやと考えることに夢中になって気を取られていたからだろう。

「軽く召し上がった。でもまあ、軽焼きパンくらいならあがれるに違いない。さ、私の書斎へおいで下さい。そこにちょっとしたお茶などを運ばせましょう。大体ヨナ先生はたいそう瘦せていらして、そのお若さで瘦せすぎなくらいだと私はかねがね心配に思っておりましたよ。ミロクにお仕えするためにも、からだの健康はとても大事だと、ミロクのみ教えにもありますからな」

「それは……そうかもしれません。では、お茶だけ、御馳走になります」

ヨナは断りかねて、承諾すると、イオが嬉しそうに案内するイオの書斎へ入っていった。

そこに通されたのははじめてであった。それは巡礼の食客たちが生活している一階ではなく、そこのつきあたりから細い回廊をわたって、イオの店の大きな建物とのちょうどあいだにある、イオの自宅であるらしい建物のなかにあったのだが、そこに通されてみると、そこはなかなかきちんと片付いているだけでなく、質素で簡素で、いかにもミロク教徒の家らしくよけいな飾りものなどはなかったにもかかわらず、家具や調度類がみなたぶん高価な材料で作られた、よいものであったからだろう。妙に、巡礼たちのいる棟にくらべて、贅沢で、落ち着いた感じがした。それに、あちこちに、飾るというほどでもなく、さりげなく飾りつけられているミロクの像や画像、ミロクの聖文の拓本などが、妙に装飾的な効果をあげているのである。

奥の大きな暖炉のなかには、あたたかく火が燃やされていた。大きなソファに、ヨナにかけるようにすすめると、イオは奥に声をかけて、盆にのせた熱いブラン茶と、それにはちみつとジャムをそえた軽焼きパンを持ってこさせた。

「私はお茶だけでお相伴しますよ。皆さんと一緒に、さきに食事をいただきましたので」

「これは、御馳走になります。遠慮なくいただきます」

自分が夕食を食べはぐれたことに気付くと、急にヨナの胃は空腹を訴えて鳴きはじめていたので、ヨナは、日頃の遠慮深さもかなぐりすてるようにして、すすめられたその軽焼きパンとお茶をありがたくいただくことにした。パンは熱く焼いてあったので、それをたっぷりとはちみつとジャムをのせて口にしていると、お腹のなかまでもあたたまってゆくようであった。

(フロリーさんの家の夕食は、どんななのかな。――もっと質素な――野菜のお粥だの、それとも……)

「ヨナ先生。――このようなことを申し上げるのが、とてもミロク教徒としてぶしつけであることは、存じておりますが、一度だけ、どうしてもうかがってみたいことがありましたので、あえて申し上げます」

だが、イオにそう云われて、ヨナは思わずパンを下においた。

「あ、召し上がっていて下さい。大したことじゃないのですから。というより……うかがいたかったこととは、つまり——失礼ですが、あなたは、アムブラのヨナ、私塾の教師と名乗っておられますが、本来は、パロ王立学問所特別教授、もとパロ聖王国参謀長、ヨナ・ハンゼ博士でおいでになりましょう？　お連れのかたはどなただか知りませんが、間違いなく、あのかたは、そのヨナ・ハンゼ博士の護衛のためについていらした戦士のかたであって、あれはミロク教徒ではありますまい——いや、たまたまミロク教徒の戦士を選んだのかもしれませんが」

「……………」

ヨナは、一瞬、どう答えたものかと、迷った。

「ご心配なさらないで下さい。そのような身分の高い、世界的によくお名前も業績も知られた方だからといって、ことさらに区別をつけたり、ほかの巡礼たちと違う扱いをしようなどと申しているわけではありません。それはミロクのみ教えに背くことです。——ただ、ヨナ・ハンゼ博士といえば、かのアルド・ナリス聖王にきわめて重用され、聖王の相談相手にして研究をまかされた、まだ若いけれども天才的な学者として、中原にその名をきわめてよく知られた人物です。——また、ヨナ博士がミロク教徒であられることも、すでによく知られております。そのような、有名な、学識高いかたがせっかくこのヤガにおいでになったというのであったら、それは、もう、わたくしとしてもぜひとも、うかがってみたいこともあれば、お近づきにもなりたい、そう思ってしまうのは不思議ではありますまい。——さ、さめてしまいますよ。この軽焼きパンはさめると固くなってしまいますからお熱いうちに、どうぞ、どうぞ」

「……」

ヨナはくちびるをかみしめた。それから、無言のまま、またパンの残りを口に運んだが、もう、あまりそれは味がするとも思えなかった。

「やはり、ヨナ博士でおられる。——あまりにも、失礼ながらお若い上に、あまりにかぼそくていらして、見るからに若い学生、という感じであられたので、こんな若くて、しかも頼りなげなかたが、アルド・ナリス聖王があれほど信頼され、古代機械の研究というような重要なことを全面的にまかされたすぐれた学者であるのだろうかと、しばらく信じられずにいたのですが……」

「私は、そんな大したものではありません」

聞いているのが苦痛になってきて、ヨナは云った。

「天才でもなければ、そんなすぐれた学識ゆたかな学者というわけでもありません。——

—おっしゃるとおりのただの一学生《がくしょう》のようなものです。ミロク教には、親の代からずっと親しんでおり、ミロク教徒として生まれながらに育てられましたから、ヤガにいつか、巡礼にゆきたい、と願うことは、何の不思議もありませんでした。パロもようやく落ち着きましたので、おいとまをいただき、一度訪れたいと思っていたヤガにこうしてやっと来られたようなわけです」

「それは素晴しい」

イオは妙に興奮したような声でいった。

「素晴しいことです。それこそ、ミロクさまのお導きに違いありません。——いや、もうこうなったからにはすべてあらいざらい申し上げますが、実は、ヨナ・ハンゼ博士がいずれヤガに来られるのではないか、といううわさは、ずいぶん前から、ヤガではもっぱらだったのです」

「私が？」

ひどく驚いて、ヨナは云った。

「なぜ、私などの去就がそんなうわさなどに？」

「それはもう、あなたはパロの元参謀長、王立学問所特別教授、というような高い地位におられるかたなのですから」

イオは両手をこすりあわせるようにして云う。ヨナは思わず目をそむけた。

「あなたのような学識高いかたがヤガで我々に——というのはミロク教団に、という意味ですが、協力してくださったならば、いまや学問の都としての名声も実態も地に落ちたていのクリスタルにかわり、このヤガに、大学を建てることもできましょう。ヤガもこれからは、ただ地方の一ミロク教徒の都市、というだけではなく、大きく発展して、中原を制する一大勢力となってゆかねばなりません。そのさい、そうした学問的な優位であるとか、高名な学者がおられるとか——そういうことはすべて、いかにもヤガにふさわしいですし、それにそのかたがもともとミロク教徒であるからには、何の不都合もない、ということになりましょうし」

「………」

またしても、相当に驚いて、こんどは思わずヨナはイオ・ハイオンを見つめた。イオはおそろしくくそまじめな顔をしていて、熱意をおもてにあらわすように膝を乗り出している。

「もう、このように申し上げた上からは、私も包み隠さずお話いたしますが、私は、おのれの職業というか店をやるかたわら、このヤガで、《新しきミロクの教え》をひろめるために、いろいろと幹部として働いておるものです。最初にお見かけしたときに、まさかとは思うが、うわさに聞き及ぶヨナ・ハンゼ博士の風貌によく似ておられる、とは思いました。想像のほかにお若いかたであるから、そこを間違うことがないように、と繰り返しいろいろとほかの幹部から注意を受けていたのです。——そうして、声をおかけして名前をうかがったとき、アムブラのヨナ、と名乗られたのをきいてはっと思いました。おお、これはまさしく間違いない、ヨナ・ハンゼ博士に違いないと。——そうしてそのあとで、この家にお連れして一挙手一投足を拝見するに、まことにつきづきしく知的で確かに学識ゆたかな、ほかの田舎者の巡礼どもとはまるきり人品骨柄の異なったおかただ、ということがわかりました。——この《新しきミロクの教え》は、決してこれまでのミロクの教えを退けたり、それにそむいたりするものではありません。むしろ逆です。世の中は刻一刻、進歩しております。その進歩についてゆくためには、ミロク教だけが、旧態依然たるミロク教団の教えに従って、戦わず、争わず、ただひたすらおのれの食物をおのれで耕して得るためだけに働け、というように消極的に生きていては、当然世界の進歩と発展から取り残されてしまうことになります。——《新しき教え》は、それを案じる人々が集まり、ミロク教のよさはそのままで、いまの世の中の発展と進歩にミロク教がついてゆけるよう、そしてまた、むしろ逆に、ミロク教の理想が、この世を導き従え、ミロク教を古くさい田舎者の農民どもの宗教としか考えなかったこれまでの中原の支配者たちにその考えをあらためさせ、これこそはまさに本当の、この世界をおしすすめ、進歩と調和と、そして本当の文明開化とにむかって進ませてゆくための唯一の正しく理性に従う教えにほかならぬ、と思いあらためさせようとするものです。—

――すなわち、《新しきミロクの教え》は、これからさき、中原を支配し指導してゆく、最後の正しい教えになってゆくはずのものです。――しかし繰り返して申しますが、それはまったくヨナ博士がこれまで親しまれていらしたような、古いミロクの教えを拒んだり、背いたり、あるいはまた、大幅に変えてしまうようなものではない。――あくまでも、進歩的発展です。進歩のための発展」

おのれのことばに興奮したように、イオ・ハイオンは手をふりまわした。それから、おのれのたかぶりようが気恥ずかしくなったかのように、その手を膝の上におさめた。

「いま、ヤガは大きく変わりかけております。――巡礼たちが訪れ、その土産物だの、その奉仕だのでほそぼそと成立している、いうなれば宗教的な観光地、しかも田舎の観光地にすぎなかったヤガが、中原の聖都、精神的中心として、あらたな役割を求めてゆこうとしている。――ミロクの導きにより、いま、ヤガには次から次へとそのヤガとミロク教、そしてミロク教団の変貌のためにきわめて重要な役割をはたすであろう、さまざまな賢人たち、名僧知識、そして有名人たち、力あるものたちが続々と集結しているのです。そのありさまをごらんになったら、ヨナ博士、あなたといえども興奮を覚えざるを得られますまい。これこそはまさしくミロクの導き、ミロクの運命なのだとお考えになるにきまっております。――そうして、あなたもそのおひとりなのです。選ばれた、ミロク教団を大きく根本から変えてゆくための選民」

「いや、ちょっと待って下さい。イオどの、私にはまだよく事情はわかりませんが、しかし――」

「事情、事情などいずれすぐおわかりになる。そうして、そのときには、よくぞいま、まさにいまヤガにきたと思われるようになられるはずです。そしてまた、私も、よくぞ、かの《兄弟》ではなく、この私イオ・ハイオンの家に、ヨナ・ハンゼ博士がご光臨をたまわったとミロクに深く感謝したい。明日にも、神殿にいって、そのお礼に新しいヒツジの乳をひと樽捧げてこなくてはなりますまい。いや、若いヒツジを一頭捧げなくてはならないかもしれない」

「待って下さい」

仰天して、ヨナは口をはさんだ。

「ヒツジを一頭いけにえに？――ミロクは肉食を禁じられ、かつ、また、いのちあるものはすべて兄弟姉妹である。動物といえどはらからの生まれかわりである――それゆえ、それをいけにえにするなど、決してしてはならぬ、ミロクはそのような犠牲を決して望まぬと教えられたではありませんか？　あの教えまでも、その新しきミロクの教えというのは、そのように変えてしまっているのですか？」

「それについては、もっと私よりもよく御説明出来る人達が沢山いるかと思います」

イオは平然と答えた。ヨナのショックを見ていても、それほど驚いたようでもない。

「そう、ヨナ先生ほどのおかたならば、もっともっと、上のほうの人達――導師、法師のような――あるいはさらに上の大導師のような人たちとこそ、知り合われ、話し合われて、あらたなるミロクの教えとはどのようなものか、それがどのようにミロクのもともとの本来の教えに背かぬまま、新しい世界を作り上げようとしているのか、それについて知られるべきです。私などのような半端なものが半端に御説明すべきではない。ただこれだけは申し上げておきましょう。新しきミロクのみ教えは、一見古きミロクの教えにさからったり、それとまったく異なる方向を目指すかにさえ見える場合もあるかもしれません。だがそれは結局のところ、きわめて近くをしか見ない、せせこましく狭苦しい、小人のものの見方によって見た場合のことです。より大局観によって、長い目で見たとき、新しき教えは、むしろミロクのみ教えの本質にさらに近づくことが出来、そして、ミロクが古い教えのなかで云われたことを我々が本当には理解していなかっただけなのだ、ということを知るようになるのです。五十六億年と言えば気の遠くなるような時間のあいだ、『成就を待て』とおおせられた。――ミロクはたとえば、五十六億年のです。だが、これは、つまりはミロクが『永遠』をたとえていわれたことばだ、と新しいミロクの教えは考えます。本当は、五十六億年待つ必要などありはしない。我々はいま、この世で、ほどもなく、本当の意味での栄光や平和や繁栄、そして豊かさを手に入れることが出来る、と、新しいミロクの教えは、そう教えてくれるのです！」

第四話　ヨナの悪夢

1

ヨナが、いささかほうほうのていで部屋に戻ってきたとき、すでにスカールは部屋に戻っていて、もう寝台に入っているところだった。

「どうした、ずいぶんと遅かったのだな」

本当はヨナがスカールにいうはずだったことばを、スカールのほうからかけられて、ヨナは思わず溜息をもらした。

「こんなに遅くなるはずではなかったのですが。館に戻りついたのは、あなたよりはだいぶ早かったはずです。そのときにはまだ、出入り帳にはお名前はなかったですから」

「俺は夕食の、さいごの鐘の前後にやっとたどりついた」

このヤガにあっては、ことに彼などは本当に寝るときくらいしか取ることの出来ないマントとフードをやっと脱いで、白い夜着に着替えたスカールは、気楽そうに寝台のなかに手足をのばして毛布にくるまっている。

「あわや食事にありつけぬところだったが、兄弟たちはみな親切だから、ちゃんと残っていたものを食うことを許してくれた。——それで、やっと食事をすまして……そのころにはもう、館はしんとなっていたな。けっこう遅くなってしまっていたらしい」

「エルシュさまはどちらのほうにゆかれましたので？」

「俺か、俺はバザールへもぐりこんでいたのだ」

「バザール……」

「ああ、このヤガにも自由市場があるはずだと目ぼしをつけておいたところにいったら、やはり、公認市場の裏側に、ちゃんと裏市場というべきものがあってな。——やはりこういっては何だが、俺はああいうところのほうが性にあうな。……そうして、そこでいろいろと用をすませて——それで戻ってきたので、少し遅くなってしまった。受付の爺いにはがみがみ云われたが、心配するな、ちゃんと大人しいミロク教徒らしく、合掌して丁重にわびておいたぞ」

「それは……よろしゅうございましたが……」

「お前はどちらにいっていたのだ。ミロク大神殿に参る、といっていたようだったが」

「今日はここでは……あまりうかつにお話出来ないようなこともございましたが、とりあえずはまず、大神殿に参って……いえ、でも戻ってきたのは夕食の二番目の鐘くらいのころだったのではないかと思います。ところが、そのときに、イオ・ハイオンどのに声をかけられまして」

「イオに？」

スカールは寝台の上に、片肘をついてゆっくりとたくましい上体を起こした。

「何かあったのか。——まさかに、きゃつの室に引っ張り込まれて手ごめにされかけたというわけでもあるまいな」

「ミロク教徒はそのようなことはいたしませんよ」

ヨナはさすがに笑いながら、

「ただ、そのほうがある意味ではマシだったかもしれません。——イオどのに、私が、もとパロのなんたらであるとか、なんたら学問所の教授であるとか、そういうことを、すでにみな、知られてしまっておりました」

「お前の氏素性を、ということか」

スカールは敏捷に飛び起きた。そして、ヨナがいくぶん疲れたようにぐったりと腰をおろした、ヨナの寝台にきて、ヨナのとなりに腰をかけたが、それは、ヨナにしか聞こえぬような声で内緒話をするためであった。

「何か、具合の悪いことがあったのか。かなり、参っているようだ」

「自分が王立学問所の教授であったり……まあいろいろな前歴があることを、言い立てられまして……それで、現在のヤガには、新しいミロクの教え、という新しい教団というか、前の教団のなかにそういう人々が入り込んできているのですね。……その人々がヤガをどんどんかえてゆくために、いろいろなことをしているが、その仲間になれと――簡単に申せばですね。ヤガにいずれ、大学を作り、ヤガを学問の都、かつてのクリスタルのような、世界の学問の中心部となるような学問の府にしたいので、その手伝いをするように、というようなことを云われました。――また、現在ヤガを取り仕切っている、その『新しき教え』の人々に是非とも紹介する、とも……」

「そうか」

一瞬、スカールは、そのことばの重要性をかみしめるように黙り込んでいた。

それから、おのれの力でうかつに力が入りすぎてしまわぬよう、気を付けながら、ヨナの細い薄い肩を叩いた。

「それは、ちと、気の重い――というよりまずいことになったな」

「とてもまずいことになったと思います。それと……これは……もし万一にもここに何か、盗聴器のようなものがしかけられていて、この室で話す声がどこかに聞かれていたらと思うと心配で、口に出したくないのですが……」

「なんだ。こうすれば大丈夫だろう」

スカールはヨナの肩をつかんでおのれのほうに抱き寄せた。

「これなら平気だ。小さな声で云って見ろ」

「探していたもう一方の親子を……見つけたのですが」

「パロからきたのではないほうか。というか、要するに、例の子供連れだな」

「そうです。ヤガで無事にやっていましたし、こちらはいまのところまったく問題ないようでしたが、しかし、私とかかわりがあることが知られてしまうと……」

「身にも危険が及ぶかもしれぬ、というわけだな。というよりも、それがきっかけになって、その氏素性、ことにその子供のことが知られてしまうと相当にまずいことになりかねんな」

「ここで、どのくらいまでお話できるものかよくわからないのですが……」

ヨナはためらいながら囁いた。

「素性が知られてしまったかわりに、イオの話をきいていて、少しだけ、私には、いまのこのヤガの状態、ミロク教団の変わりようについてわかってきたこともあると思うのです。──しかし、むろんまだまだ本当に深いところで何が進行しているのかはわかりません。──イオは私を、明日にでもその『新しきミロクの教え』をおしすすめている幹部たちに紹介するために連れてゆきたいといいます。それにあえてのって、そちらに連れてゆかれれば、相当いろいろなことが見えてくるし、わかるでしょう。しかし……」

「しかしそれはまた、あまりにも危険だな」

スカールは眉をひそめた。

「それは、それきり、おぬしがその教団に取り込まれてしまって、当人が洗脳されずとも、相手のやつらはもうお前を放そうとしなくなる、という可能性がかなりある。俺についていては、何も知られておらんか、大丈夫か、そちらはまだ」

「そちらはまだ大丈夫だと思います。――というか、エルシュさまは、私の《護衛》だと思われています。私のような、つまりかつてのパロのなにがしであったような人間が単身巡礼にやってくるわけはないので、その護衛としてつけられた騎士なのだと」

「まあ、俺が自由意志でやっている、ということのほかは、まさにその実態はそのとおりなのだがな」

スカールは苦笑した。

「だが、俺も――俺も実をいうときょう、部下どもと久々に連絡をつけて、なんとか会った。あの魔道師の話をきいて、俺の宿敵とめざす奴がいま現在クリスタル・パレスにいる、ということを知ったわけだが、それについてあれこれ考えていて、結局俺としては、引き受けたことであるからお前の護衛、お前を守って無事にヤガを出させ、出来ればクリスタルまで、あるいはそこまで必要なければお前がもう安全にクリスタルまで帰れるところまで送り届ける、という約束は、必ず全うするつもりだが、それと同時に、

なる。

「——きゃつに斬りかかり、自分の仇をとるべく、身の危険を感じる……」


なるべく早く俺はクリスタルにゆきたい。むろんそれは部族を率いてということになる。——お前がもし、このような展開になってきたので、身の危険を感じるゆえ、俺ともども いますぐヤガを脱出し、クリスタルに戻ってこのあたりの一連をヴァレリウスに報告しよう、という気持になってくれるのだったら、俺はいますぐお前と俺がヤガを無事に脱出するだんどりをつけにかかる。——むろん、クリスタルでいきなりきゃつに斬りかかってお前やヴァレリウスに迷惑をかけるような愚かしい真似はせぬ、一応いろいろと踏まなくてはならぬ手続きをふんで、しかし最終的にはきゃつと一騎打ちをしてリー・ファの仇をとるところまでゆきたい。——俺のなかで、どうあっても、それがすまぬ限りは俺は先にすすむことが出来ぬ、とまで、しこりになってしまっていてな。——むろんいまの俺は、いろいろなことがあったし、あのときは戦場であって、リー・ファが俺を庇ってくれたのであり、戦場ではどのようなこともありうる、ということもわかってはいる。だが、それときゃつとの確執とはもうまったくの別ものなのだ——俺は、きゃつを殺さぬかぎり、ここから先へはゆけぬ、という、そういう気がしている。——愚かなやつだと笑ってもかまわぬが、俺はその、リー・ファの仇をとる、という宿願を、まだはたしてない——そのことだけがひどく心にかかっている」

「エルシュさま……」

「あるいは、その宿願を果たしおえたときが、俺のこの現世での、奇妙な——あまりにも奇妙ないのちが最終的につきるときであるのかもしれぬ。それならばそれでよい――このようにして、おのれ自身のいのちのありように疑問を持ちつつ生きてゆく――それとも『生かされて』いることには、俺はほとほとうんざりした。それゆえ、この世の生に未練があるわけではもうない。……だが、ただひとつ心残りがあるとすれば――それが、きゃつを生かしたままに――リー・ファとの約束を守れぬままになっている、ということなのだ」

「……」

「そのような考えはお前のような、本来の意味でのミロク教徒にはごくごく愚かしくも邪悪なものなのだろうな。それも承知の上だ。――だがこれについてはもう、何年ものあいだ、思い詰めてきた、いまとなっては俺が俺であるたったひとつの理由のようなものさ。誰に、何の教えをたてにとってなんといさめられようと、あるいはお前にとってその俺の殺そうとしている相手が大切な幼な馴染みであろうと――そのことでお前に恨まれようとも、それはもうとどめることは出来ぬ。俺はいつかは必ずきゃつをこの手で殺し、リー・ファの霊にそのことを報告する。それがすまぬうちはおそらく俺のいのちもまた尽きることはないだろうとさえ思える。とすれば、それは、いのちというよりは――もはや妄執なのだろうがな」

「……」

「どうした。呆れているのか。この俺の妄執に」

「いえ――」

もの柔らかにヨナは答えた。

「それは、失礼ながらあなたさまのお考えになること、あなたさまのお決めになること、そしてあなたさまの人生でございますから。――ミロク教徒はまた、ミロク教を信じないものに無理矢理にミロクのことばを飲み込ませようとはいたしませぬ。時がきたりて、ご縁があるものならば、おのずとミロクの声はそのひとに届く、というのが、ミロクのみことば――であったはずなのですが……」

ヨナは苦笑した。

「どうも、昨今はかなり違う状況になっておりますようで。――しかし、それにしても……」

「ああ？」

「これはどうも――迷うところでございますね。私のような、なんというのでしょうか、実戦、そう、実際の経験の浅いものにはなかなか判断のつけづらいところです。――正直申して、このいまのヤガの状況を見ている限りでは、いったん離脱して――出来ることなら、きょう巡り会うことが出来たその母子もともどもにですね――ヤガをはなれ、母子は安全なところに預け、そして私は――あなたさまの宿願と妄執はまた別の問題として、とりかえず国もとに戻って事情を報告する、というのが、正しい方法だろう、という気もするのです。それも、早急にそうするのが一番賢いのではないかという。しかし一方で、いまではもう遅いのではないか——イオがそのように言い出した以上、いまそうやって私をヤガから無事出してくれるということはほとんど望めないので、脱出するとなると、これはイオや、それこそヤガを変えてしまった新しいミロクの人々全体の目を逃れ、その手をのがれ、はぐらかしての大逃避行になってしまうのではないか——」

「だとしたら、なおのこと、俺がともにいなくてはとうてい無理だな」

スカールは考えこみながらいう。

「俺もそれについてはいろいろ考えたし、おぬしの言葉を聞いてなおのこといろいろ考えた。最初は、俺はとにかくもきゃつがいなくならぬうちにクリスタルへかけつけて——とそればかり考えていたので、しゃにむにヤガを出るためには、おぬしにはすまぬがおぬしとここでたもとをわかって——といっても、それでは約束した護衛の役目が果たせぬゆえ、誰かうちの部族のものから、もっとも頼りになるもの、俺が俺同様とまではゆかぬまでも、俺の右腕として信頼しているもの数名を選んでお前につけ、俺のかわりに護衛させるということではどうか——と思っていたのだ。だが、どうやら、そのイオ・ハイオンの話をきいた限りでは、そんなことでは無理なようだし——おぬしもまた、ある意味きわめて重大な身の危険が迫っている——もしかすると、二度と生きてヤガを出られなくなるかもしれぬ、というような危険が迫っている感じがするな」

「やはり、そうでしょうか」

ヨナはかるく身をふるわせた。

「以前のヤガであったら、たとえまったく同じ申し出を受けて、ヤガに大学を作るから協力して欲しい、と言われたとしても、ただ喜ばしいというか、おおいに協力したいものだと思っただろうと思うのです。——しかし、どうしても、いまの私には、虚心坦懐にそれらのことばをきくことが出来なくて。——というより、なんだか」

ヨナはこんどは大きく身をふるわせた。スカールが力づけるようにその肩をつかんだ。

「なんだか、私はひどく恐しいのです。——これは私の知っていたミロク教でもミロク教団でもない。——なんだか、同じヤガという名前でありながら、自分の想像していた、これまでずっと長い長いあいだミロク教徒の聖地として存在していたヤガではなくて、まったく違うヤガ、ぶきみな、悪夢のような場所へさまよいこんでしまった、という気がして。——何もかも、私の思っていたのと違う——それも、もう、はっきり云ってしまいますが、邪悪な方向へ……としか、私には感じられないのです。なんだか、その《新しきミロクの教え》というものも、ミロクの騎士団だの、大導師だの——それに兄弟姉妹の家だの……どれもこれも、ミロクの本来の教えにあまりにも反する——しかも、それをうまくいいくるめて、素朴で戦うことを知らぬ、疑うことも、ひとと争うことも知らぬミロク教徒たちを、とんでもない方向へいつのまにか導いてゆこうとしている、そういう気がしてならないのです。……とても気になります。同時に、とても恐しい……」

「お前のその感覚はおそらくとても正しいと思うぞ」

スカールは大きくうなづいた。

「なぜなら、このヤガに入ってきてから、俺もとても——お前と同じようにずっと感じ続けているからだ。なんだか、何かがおかしい。何かが調子が狂っている——俺はミロク教については知らぬ。だから、以前のミロク教がどうあったか、本来のヤガがどうあったか、ということと比べることは出来ないのだが、ただ、俺は——俺はおのれの直感を信じている。それだけに頼って生き延びてきたことも、草原では何回となくあったのだからな。その俺の直感が告げている。この、《変わりよう》はよろしくないものだ、正しくないものだ——よこしまなものだ、と。もともとはむろんミロク教というのは、おぬしのような人間がそれほどに信奉し、心酔していただけのものだ、ちゃんとした、まともで素朴な宗教であったに違いない。だが、俺もこの数日ヤガの町を歩いてみた。——ちっとも、俺には、この地が《聖地》だという感覚が伝わってこない。やたらと厳かだったり、質実だったり、いろいろとありがたそうにしつらえられてはいるが、それでいて、ミロク大神殿にせよ、ほかの小さな神殿にせよ、なんというのだろう、神々しさとか、本当の《神気》といったものをまったく感じぬ。——モスの大海で朝日が昇ってきたときに、我々草原の民がモスの詠唱をせずにいられなくなる神々しさ、我々にとっては、《あれ》がまさしく神そのものだ。俺はヤヌス十二神教をむろんのことにまったく信じてはおらぬが、パロに滞在していたとき、何回かジェニュアに訪れたこともあるし、ほかの神殿に参ったこともある。——それを俺が信じるかどうかなどということは、またその教義がどこまで本物であるかどうかなどはまったく別問題として、そこには確かに、長年信じられてきた神々がおり、その神々に仕える人々がおり、その神々を崇拝し、日々暮らしているパロの民がいた。——だが、長いこと、世界でもっとも聖なる場所として扱われていたはずのヤガに足を踏み入れても、俺は何も感じぬ。——ありがたさも尊さも、神々しさも、感じぬ。——そのかわりに感じるのはむしろ、邪悪さのかげりのようなものであり、底にひそんでいる不安のようなものであり——どことなくみんな浮き足立っている。ミロク大神殿にも何回かいったが、祈っているものたちのなかには、当然純粋な信徒でひたすら祈っているものも大勢いたが、一方では、なんとなくきょろきょろしたり、ただひたすら物珍しがっていたり——それはむろんジェニュアでも、パロのサリア神殿などでもあることなのだが、そちらは逆に観光にきたものたちだから当然だ。だがヤガは信仰いちずの都であると俺は聞いてきた。それからすると、やはり、いまのヤガの雰囲気は根本的にどこかおかしい」

「やはり、そう感じられますか。草原の――草原のきびしい自然を生き延びてこられたエルシュさまの直感にも、そのようにいまのヤガが感じられるのですね。ならばもう間違いはありません」

ヨナはごくりと生唾をのみこんだ。

「ヤガは、おそらく――何か、ミロク教とは似ても似つかぬもの――もっとどす黒く、もっと現世的でもっと生々しく、そしてもっとよこしまなものに乗っ取られようとしているのです。そして、古いミロク教団は、もともとがひとを疑うこと、ひとを拒むこと、戦って身を守ることを知らぬ教えであるだけに、それをどうすることも出来ないか、気付いていないか、気付いていてもあらがえずにいるのではないかと思います。――確かに、でも、エルシュさまがおっしゃるように、ただちに脱出しなくてはならないという考え方もありますが、もうひとつは、さっき私がいったように、私がかれらのその、幹部のなかに入り込んでうまくいろいろ聞き出して、本当の重大な情報というようなものを、いろいろと探り出して――いったいヤガに本当には、なにものが黒い手をのばしてきたのかを探り出せるなら……」

「俺がおぬしであったら、それもいいだろう」

きっぱりとスカールは云った。

「俺はおのれの身を守る方法も知っているし、そうした間諜のような行動も出来る。だが、おぬしはただの学者だ。しかも純粋なミロク教徒で、短刀の持ち方使い方、むろん戦って人を殺して窮地を切り抜けるやり方も知らぬ。——また、あえて云わせてもらうなら、純粋な昔ながらの、本当のミロク教徒である分、舌先三寸で言い逃れたり、また嘘をついたりするのも苦手だろうし、ひとにだまされやすくもあるだろう。——おぬしのようなかよわい者をひとりきりでそのような、正体も知れぬ組織のなかに送り込むなど、危険過ぎる。俺はそれには反対だ」

「しかし……あれだけはっきりと、近々に幹部に会わせる、と云われてしまって、いまさらイオが私たちをここから出してくれるでしょうか」

「それは出してくれまいさ。あのエルランのことばでわかるとおり、ただの巡礼でさえ、八年間もここにとどめられたままでいる者がいるのだ。まして、おぬしが何ものか知って、どうしてもひきとめ、ヤガでおのれたちのために働いてほしいと思っているからには、おそらく、もうこれからはおぬしが自由に行動することさえ危険だろう。だが確か、明日、お前の探しているもう一組のほうの親子とは、例の阿呆な魔道師がなんとか面会出来るようはからってくれているはずだったな？」

「阿呆な、といってしまっては気の毒というものですが……」

ヨナはこんなさいではあったが、思わず苦笑した。

「ええ、そうでした。あまりにそのあといろいろなことがあって、それにかまけて忘れかけてしまっていました。というより、いまとなっては、むしろ、それはどうでもいいことになってしまいましたが——ラブ・サン老人と娘さんのマリエ嬢と、どこかで——《兄弟姉妹の家》以外の場所で会えるよう、なんとかはからう、といっておりましたね。——彼女たち親子が洗脳されているにせよいないにせよ、現在ずっとそうして《新しいミロク》のほうの施設にいる、ということだったら——おっしゃるとおり私が、その組織の幹部たちのあいだに入っていろいろ探り出したりするのはあまりに危険だし、私もそういうことについては無能すぎるかもしれませんが、ラブ・サンとマリエから何か聞き出すくらいのことだったら出来るかもしれませんね」

「それもまたワナだ、という可能性がないわけではないがな」

スカールはヨナを見て苦笑した。

「そんな、驚いたような澄んだ目で見られると、おのれがあまりにも疑い深く、ひとを信じぬ異教徒だ、という気がしてくるぞ。だが、もう、お前にもわかったはずだ。いまのヤガは、ひとを信じていいような場所ではない」

「それは、よく心得ているのですが……」

「魔道師は、あれから連絡をとってこんな。どこでどう、面会させるつもりなのか——どうもあやつは、俺からみると何やらあぶなっかしげでしかたがないが……それでも、いざヤガを脱出するとなれば、魔道師の魔道があれば、よしんば相当に未熟なやつであれ、おらぬよりはマシだろう。それに俺の部下たちもいる。——ともかく、ヤガを脱出するとなると、おそらくこれは本気で腹をくくって戦うつもりにならぬと——だがおぬしは戦えぬ。だから、俺たち——おぬし以外のものたちが本気で力を出さぬと、成功はできまい。——例の母子は、逆に我々が連れてゆくのではないほうが、うまく脱出出来るかもしれんぞ。話をきいているとその女、だいぶんしっかりしているようだ」

「それも、そうなのですよね」

ヨナは苦笑した。

「もしかすると、あのひとは、あのひとだけにまかせておいたほうがいいのかもしれません。逆に、我々のこのような大騒ぎに巻き込んでしまうのは危険かもしれない。——そのへんも、明日、あのひとと会って話をしてみるつもりです」

「だがひとつだけ云っておきたいが、素性が知れたからには、お前の行動にはもう、すべて見張りがついていると思っていたほうがいいぞ」

スカールは忠告した。

「お前はやはり文官だし、学者だし、ミロク教徒だから、すぐにそんなことまではなかろうと思うかもしれぬ。だが、もう、事実上、これは戦いだと思っていたほうがいい。何があっても驚かぬことだ——そして、この先はもう、俺以外、誰をも何をも信じぬことだ。たとえミロクをであっても、だな。これはお前には辛い話かもしれぬが、せめてヤガを無事脱出出来るまでは、そう思っていてくれたほうがいいようだぞ」

2

その翌日。

「ヨナさん、お客さんが、あなたをたずねておいでですよ」

受付係のおばさんが、ヨナとスカールの室のドアを叩いて、そう告げたのは、昼少し前くらいだった。かれらはとっくに朝食をすませ、さらにこれからどうやってヤガを脱出するかの計画をひそかにたてようとしていたのだ。

「お知り合いの巡礼さんだそうですよ」

「どうも有難う」

礼を言って、玄関にいってみて、ヨナはぎくっとした。そこに巡礼のマントとフードをつけて立って待っていたのはまぎれもない、魔道師のバランだったが、当人は巡礼の格好をして、ちゃんとそれなりに変装しているつもりかもしれなかったが、ほんもののミロク教徒であるヨナから見ると、ミロク教徒のマントとフード、それと微妙にだがはっきりと違う魔道師のいでたちの差が、かえって、もとが同じような格好であるだけに、妙に目立ってしかたがない。

当人はいっこうに、そのくらいの微妙な差異が人に気付かれているとは思ってもみないらしい。というよりも、けっこう完璧に変装している、と信じているのだろう。ヨナを見るなり、うやうやしく両手を胸にあわせてみせて、ヨナにむかって丁重に頭をさげたが、ヨナはかえってそれでぎょっとした。といって、ここで、この場でそれをたしなめるわけにもゆかない。まったくしぐさとしては同じように見えるかもしれないが、ヨナにとってはまるきり違っていた。ミロク教徒が、胸に合掌し、相手の手に手をあわせ、そして軽く頭をさげるのは、決してみずからをいやしめ、相手を重んじるからではない。従って、その動作のうちにも、相手に対する敬意があふれるのはもとより、自分自身も、同じミロク教徒の誇りと親しみを持ってほほえみかけるのが基本なのだ。だが、バランのしてみせたお辞儀は、仕方ない、当然のことだとは云いながら、パロではごくあたりまえな、身分が下のものが、ずっと上の偉い人にむかってへりくだってみせる、あのいささかうやうやしすぎるお辞儀だった。

（こんな、こまかなことは……かえって、どうにも、うまく云えないな……）

ヨナが困惑していることなどまったく気付かずに、バランはヨナのかたわらに寄り、そっと囁いた。

「お約束どおり、場所を見つけて、お二人を時間で出てきてくれるよう、待たせてあります。これから私がお連れいたします。そうすればちょうどいい時間になりましょう。いま、お出になれますか」

「そうですね。たぶん、出られると思うけれど――すみません。これから、ちょっと知り合いと出てきたいのですが、出入り帳に記入すればよろしいでしょうか？」

「ヨナさまについては、ちょっとお待ちいただいてよろしいですか。イオより、云われていることがございますので」

受付のおばさんは、すばやく奥に入っていった。

スカールは黙ったまま、ヨナについて一緒に玄関に出てきていて、このようすを見ていたが、

「俺はついてゆかぬほうがよさそうか」

低く、ほとんど唇を動かさないでヨナに囁く。

「そうですね。特に危険なことがあるとは思えないのですが……結局さっき云っておられたように、またバザールへ行かれるのでしたら、いったん別行動したほうがいいと思います」

「ならばそうさせてもらう。そのかわり、十分すぎるほどにあたりに気を付けろ。俺も早めに帰ってこの宿で連絡を待っているから、何かあったら連絡をよこせ。あまりもし、帰りが遅いようだったら、俺もそこにいってみるから、場所の地図は俺にもくれとその

魔道師にいっておいてくれ」

「わかりました」

ヨナはスカールのことばをバラン魔道師に伝えた。魔道師は一瞬なんとなく不安そうな顔をしたが、相手はスカールである、ということを考え直したのだろう。うなづいて、小さな紙切れになにやら地図と住所を書いたものをスカールに渡した。

そのとき、奥からイオ・ハイオンが出てきた。もう、すっかり出かける準備をととのえ、ゆったりとしたマントを身にまとっている。バラン魔道師がなんとなくぎょっとしたようすであとずさりした。

「ヨナどの」

イオが悠然と声をかけてきた。

「お出かけになられるのですか。今日は、私は、いよいよヨナどのを、我々の友人のたまり場へご案内しようと考えておったのですが」

「まことに申し訳ありません。ヤガにくるひとつの目的であった、パロ以来の友人がようやく見つかったのです。どうしても、ただちに会いにゆかなくてはと……」

「そうですか」

なんとなく、何もかもわかっているのだぞ、と言いたげに、イオは、ヨナを眺め、スカールを眺め、そして、隅っこで小さくなってなんとなくイオの目線を避けているバラン魔道師を見つめた。

「そういうことならば仕方がない。だが、早めにお戻りになられるのでしょうね。何でしたら今夜は私の室で私と夕食を御一緒いたしましょう。そのときに、ひとりかふたり、会わせたい幹部のものを呼んでおくことも出来ましょうしね。——で、そちらのかたは?」

「ああ、これは、その、パロの友人の仲間でして……」

「ミロクのみ恵みを、はらからよ」

イオ・ハイオンは、バランをじっと鋭く見つめながら、丁寧に両手を胸にあわせてみせた。

ヨナはどきどきしながら様子を見守っていた。バランはかなり動転しながらも、なんとか、合掌して、返事を返したけれども、やはり、そのようすがかなりぎこちないことは、ヨナの目からは明らかだった。

「それでは、いっていらっしゃい。そして、なるべくなら夕刻までには戻っていらして下さい。夕食の用意を調えておきますからね。それとも、たまにはどちらかへ御一緒に出かけてもよろしい。——毎日毎日うちのまかないでは、そろそろヨナどののようなかたは飽きておられるかもしれませんしね」

いくぶん含むところのありそうな笑いをうかべながらイオがいう。

「とんでもない。与えられたすべての食物に、感動と喜びと感謝をもっていただけ、とミロクも申されているではありませんか。——私には、食べ物の文句や不平は一切ありません」

「だから、そんなに痩せておられるのですよ。——もうちょっと、太られたら、せめてお顔に肉がついたら、うわさにきくあのパロの美聖王アルド・ナリス陛下のおめがねにもかなう美青年になられましょうに。——もっとも、すでに、そうであられたのかもしれませんが。ははははは」

「これは、御冗談を……」

「ミロク教徒は冗談など申しませぬが」

イオは切り返した。

「それはヨナどののほうがよくご存じのはず。——とは申せ、あまりお引き留めしてもいけませんね。カイラ、早く出入り帳につけて、ヨナどのを外に出してさしあげなさい。いたずらに時がうつるばかりだ」

「かしこまりました」

ヨナは、出入り帳に記名して、外に出たとき、なんとなく、もうそれだけで、よろよろしてくるような気分だった。

どうして、イオの目が、「すべてを知っているぞ」「何もかも心得ているのだぞ」とささやきかけているように見えてしまうのだろう——ヨナは胸苦しい思いでそう思っていた。

考えてみるとイオはスカールに対しては、まるでそこに存在さえしていないかのように、ひとこととして話しかけなかった。これまでも、比較的、イオはスカールのことは無視といわぬまでも、ほとんど相手にしないことが多い。それも、勘ぐってみると、いろいろと勘ぐれるのだ。

スカールはだが、その機をはずさず、ヨナとバランともどもするりと外に出た。そして、しばらく三人は黙りこんで、あれこれとそれぞれの考えにひたりながら歩いていたが、にわかに、スカールは立ち止まると、

「じゃあ俺はこちらからゆくからな。ではたぶん先にイオの館に戻っている。気を付けろよ」

とヨナに囁いて、そのままさっと路地に飛び込んで姿を消してしまった。その敏捷な動作を、いくぶん毒気にあてられた思いでヨナは見送っていた。

「御一緒でなくてもよろしかったのですか」

バランが云う。

「ああ、あちらは、あちらの御用事があるそうですから……その、用意してくださった場所というのは遠いのですか」

「いや、ミロク大神殿といまの《兄弟の家》のちょうどまんなかくらいです。そのあたりに、兄弟の家ではないが、ミロク教徒なら、ことに巡礼なら誰でもが使えるという集会所がありましたので、そちらで待ち合わせることにいたしました」

「ラブ・サンとはすんなり話が通じたのですか。──会うときに、あれこれきかれたり、また疑われたりはしなかったのですか」

「特にそういうことは──ラブ・サンどのの泊まっておられる《兄弟姉妹の家》の受付で、パロからきたラブ・サンどのとそのご息女、といって探してみたところ、すんなりと名簿で見つけてくれて、呼び出してくれました。──それで、事情を話して──」

「え」

ちょっと、ヨナはおもてをひきしめた。

「私がきている、と言ったのですね？　あいてかたに？」

「そうでなくては出てきて下さりそうもなかったので」

バラン魔道師は、いくぶんふくれッ面でいった。

「とにかく、私が直接お話をしても駄目かと思いましたので、ヨナさまのお名前を出させていただきましたが、御迷惑でしたでしょうか」

「いや……御迷惑、といわれると困りますが──私もまた本名で一応逗留しているのは確かなんですから……しかし──」

しかし、ラブ・サンたちが、「以前のまま」のかれらであるのかどうかは、もうひとつわからない。

それを思うと、なんとなく、心もとない感じがするが、それをどう追及したものか、だったらバランになんといったらよかったのか、それはヨナにもわからなかった。

バランはそのあとはいささか気を悪くしたのか、寡黙なまま、その集会所までヨナを案内した。それは、ミロク大神殿に通じる大通りの一本横手にある、だがなかなか大きな通りのなかほどに建っている、かなり古そうな、灰色の建物であった。《兄弟姉妹の家》はどれも、なかなかに堂々としてもいれば、新しくもあるが、この集会所は、もう何十年も前に建てられて、それぎりあまり手入れもされなかった、というような感じで、なんとなく見捨てられたような印象がある。

受付にもひとは特におらず、従って出入り帳を書く必要もなかった。ヨナは、灰色の階段をのぼり、大きな、いくぶん古い建物特有のかびくさい空気を漂わせているその建物のなかに入ったとたん、なんとなくぞくりとするものを覚えた。

もともと、そんなに予感だの、霊感だの、というものが発達しているほうではないと思っている。それに、ミロク教徒は、ミロクの教えに従っているので、あまり、そういう魔道的な感覚は受け入れられない。

だが、それでも、その建物に入ったとたんに、ヨナは、バランについてきたことを後悔するような、なんともいえないイヤな感じを覚えたのだった。ヤガにきてから、ずっといろいろと妙な感覚や、とまどいや、変な感じ、というものはあったけれども、こういうふうにして「イヤな感じ」などというものを覚えたのは、はじめてのことだった。

(なんとなく、首筋の後ろ側がちりちりするようだ。――そう、ヴァラキアではこういうとき、『自分の墓の上で、夜泣き鳥が鳴いている』といったっけ……)

長いあいだ忘れていた、ヴァラキアのことわざまでも思い出す。ヨナたちは、入口に張ってあった紙に照らし合わせて、二階の奥のほうの何号室、という指定のあった室のほうへのぼっていった。

(なんだか、ほかに誰もいないみたいだ。――まるで、この建物全体が、もうとっくに使われなくなっているみたいな……)

ヨナは、またしてもぞくぞくっと背筋をふるわせた。

これだけ大きな集会所であるのに、あたりにはひとけがない。それは、これだけ人で一杯のヤガでは、とても珍しいこと、といってもよかった。イオの館であれ、小さな町の宿屋であれ、それこそ道端でさえ、たえず大勢の巡礼が右往左往していて、「ひとのいない空間」というものを探すことそのもののほうが難しい。

この建物はまるで、巨大な廃墟、もう長年打ち捨てられ、見捨てられたまま放り出されていた、灰色の廃墟のように見えた。バランもさすがに心配になっているらしい。し

きりときょろきょろしていたかと思うと、

「ちょっと、待っていて下さい。ようすを見てきますから」

あわただしく囁いて、そのまま先に上へのぼっていってしまった。魔道師だけに動きが素早い。

「あ——待って……」

ヨナは声をかけようとしたが、バランのすがたはもう見えなかった。

(なんだか……)

いよいよ、ヨナは心配になってきた。心臓の動悸が激しく打ち出す。一応集会所の建物のなかは、それほどがらくた類が打ち捨てられていたり、ほこりがたまっている、ということもなく、ヤガのほかのそこかしこと同じように、信者たちの手できれいに清掃されているようだ。それでも、廃墟感を漂わせずにおかないというのは、結局のところ、それが日常的にひとに使われていないからなのだろう、とヨナは思った。

外からみると三、四階建てのけっこう立派な建物だが、そのどこもいま現在使われていないのだろうか。ひとの泊まっている形跡や、ひとの息づかい、というものがあまり感じられない。廊下を歩いてゆくと、食堂らしい、沢山のテーブルのある天井の高い室の前を通ったが、そこも長年そのままに使われていないままになっているようで、火のけもなく、食べ物のにおいが残っているでもなかった。

(なんで、こんなところをわざわざ指定してきたりしたんだろう……)

ヨナは思いながら、バランが急いでいった二階の階段のほうへさしかかりかけた。そのときだった。

「お待たせいたしました。お連れいたしましたよ!」

いかにも手柄顔のバランの声が上からきこえた。にわかに、がらんとした建物のなかに、その声が反響するようなぶきみな感じがして、ヨナはちょっと首をちぢめた。

「上で待っておられましたが、この建物はいま、全部あいているそうですので、下のもっと大きな応接室でお話しましょう、といっておられますので、お連れいたしました。さあ、久々のご対面をなさって下さい。ラブ・サンどのと、御令嬢のマリエさんですよ!」

「ああ……」

ヨナは緊張しながら階段の上を見上げた。

階段を下りてこようとしているのは、まさしく、ヨナがその行方をこそ、ずっと求めていて、そのためにヤガまでもはるばると巡礼の旅をしてきた、クリスタルでの知己の親子であった。

ラブ・サン老人はもう、かなりの年齢であったし、クリスタルではミロク教徒の精神的、行動的指導者の一人として、非常にうやまわれ、かつ信頼されている人物であった。

大柄な、痩せた老人で、髪の毛はかなり薄くなってはいたが、威風堂々として、そして言語明晰であり、長年にわたって貿易商として世界の諸国の同業者たちとつきあってきたので、非常に博識でもあったし、見聞も広く、人脈もゆたかであった。

そして、その娘のマリエのほうは、後妻の娘であって、先妻とのあいだにラブ・サン老人にはすでにあととり息子と、嫁にいった二人の娘がおり、マリエはかなり遅くに思いがけず後妻にさずかった末娘であった。そのゆえもあってか、ラブ・サン老人はことにマリエを可愛がり、またマリエはなかなかに美しいむすめでもあれば、気立てもよく、聡明でもあったので、文字どおり蝶よ花よと育てられていた。

ヨナが憎からず思うほどあって、マリエはなかなかきれいであった――ほっそりとして、だが弱々しくはない、やや長身の体つきに、思いがけぬゆたかな胸がついており、だがそのなかなか挑発的なからだつきはいつも、禁欲的な、いかにもミロク教徒らしい黒や紺色や灰色の地味なドレスにしっかりと襟元まで包まれていた。白いレースの衿だけが、彼女の若さと内に秘めた情熱と清らかな心をあらわしているかのようであったが、そうした地味で禁欲的な格好をすればするほど、逆に彼女の若さと美しさはなかなか引き立てられているのは皮肉なことであった。

彼女は目がぱっちりとして、大きな目にすんなりとした鼻筋の通った鼻、そして広い聡明そうな額としっかりしたゆたかな唇を持った、クリスタルふうの美人であった。髪の毛はきれいな栗色で、それをその広い聡明な額からしっかりとうしろにかきあげ、上半分だけ頭頂でひとつに束ねて、下のほうは束ねずにふわりと垂らしているのがどことなく初々しく娘らしかった。首からはいつも、《ミロクの十字架》がかかっている——大声で笑うことも、喋りまくることもなく、ひとの話をよくきき、理解力も高く、いかにも聡明だ、という印象を与える彼女が、ヨナはなかなか好きであった。

マリエはパロの——ことにクリスタルのミロク教徒にとっては、ミロク教徒の女性というもののひとつの理想像であった。裕福な家の娘であったが、少しもパロの驕奢と贅沢に流れることも、馴らされることもなく、きっちりと家の差配を手伝い、ことに後妻である母親が病に倒れてからは、その身を案じてなにくれとまめまめしく働いていた。そのドレスは決して粗末な生地で出来てはいなかったけれども、色合いもかたちも地味であったし、いつもその上には、白い大きな、胸あてつきの前掛けがかけられていた。そうして、彼女はいつも朗らかであった——大声で笑ったりはしなかったけれども、いつも微笑んでおり、そして、つらいことがあった人や、苦しいことがあった人、また貧しい人々に手をさしのべることをおのれの最大の喜びにしている、という、まさしく、ミロクの教えにいうところの「ミロクの妹たち」そのもののような、誠実で貞淑な、そうして利発で聡明な、勉強熱心でミロクの教えにあくまでも忠実な育ちのよい令嬢であった。

ヨナは当然、彼女のことを憎からず思っていたわけだし、また、彼女のほうも、ヨナのことを、かなり気にしている、ということは、ヨナにはよくわかっていた。そのようなことは、たとえヨナのような、女性とのつきあいなどあまり経験のない唐変木にでも、わかってしまうものだ——まして、相手の女性がそのことを積極的にわからせようとしたり、また、その父親が、もっとさらに具体的なことを口に出したりする以上、ヨナにも、わからずにはいられない。

ラブ・サン老人は、ヨナのことを非常に気に入っていて、それだけではなく、いずれパロの国の柱のひとりになるほどの人物、と見込んでいた。そうして、ぜひとも、おのれの末娘を、王立学問所特別教授、ヨナ・ハンゼ博士の妻にめとらせたがっていた。あとつぎ息子はもう家庭をもってちゃんとやっていたので、商売は安定していたし、二人の娘たちも裕福な商人のところへ嫁にいって、幸せにやっている。ラブ・サンにとっては、残された気がかりというのは、ただ、可愛い末娘のマリエの運命だけだったのだ。

だが、ヨナは、ラブ・サンに再三、「マリエを妻にしてやってくれぬか、せめてそう約束してはくれぬか」と食い下がられていたにもかかわらず、あまり色好い返事をしていなかった。決してマリエのことを嫌いだったというわけではない。さきにいったように、むしろ、ヨナは、マリエのことを非常に好もしい令嬢だと思っていたし、「妻にするならこのような人かな」と思ってもいたのだ。だが、ヨナはおのれの学業のほうに気を取られてもいたし、また、ヨナの、マリエに対する好感のなかには、何かしら、微妙に欠落しているものがあった——つまりは、《本当の情熱》といったものがだ。マリエへのおだやかで静かな好感は、本当はかなりの激情家であるヨナの、激しい恋愛のこころをかきたてることは出来なかったし、これからも出来ないだろう、ということはヨナにはわかっていた。それでも、いずれ、このままゆけば、マリエをめとって、平和な静かな家庭を築き、子供も生まれて穏当に暮らしてゆくのが、ありうべき人生だろう、ということは、ヨナにもわかってはいたのだが。

マリエとラブ・サン老人が、ヤガへの巡礼を企てたのは、ひとつには、ヨナのこの煮えきらなさに対するもどかしさや憤慨もあったたし、また、それをひとつのきっかけとして、ものごとが変わってゆけば、という気持もあっただろう。同時にまた、なかなか平癒しない、マリエの母の病の治癒の祈願をする、という、立派な理由もあった。母の面倒を見るには、先妻の娘たちだとはいえ、どちらも善良なミロク教徒で後妻である母ともうまくやっている、まめまめしい二人の姉もいたし、またラブ・サンの家に長年仕えている家女たちも大勢いた。それに、なんといっても、ラブ・サンとマリエは、たぶんものの三ヶ月もすれば、ヤガでの巡礼の義務をすませて、よりよきミロク教徒となって戻ってきて、そうすればヨナもそれまでに考えを決めてくれようし、パロの情勢ももうちょっと落ち着いてきて、ヨナがおのれの個人としてのこれからの身の振り方を考えはじめる時間も出来るだろう、というような考えもあったのだ。

だが――

(これは……)

ヨナは、慄然としながら、階段の上を見上げていた。

(これは……これは一体、誰なんだろう――ここにいるのは、一体、誰だろう……)

(私は知らない……ここにいるこの二人は、自分の知らない人だ……ラブ・サン老人じゃない。あの親切で博識で、そうしてクリスタルのミロク教徒の指導者であったラブ・サンじゃあない。ましてや……マリエ……)

ヨナは、口をついて出そうになる悲鳴を、かろうじて怺《こら》えてそこに立ちつくしていた。

3

「マリエ――マリエなのか……?」

何か云わなくてはならない――

それだけの思いで、必死に、ヨナはことばをしぼりだした。

だが、違和感のほうは、強くなってゆくばかりだった。

一方、相手のほうは、まったくそのような違和感は感じてもいなかったらしい。

「おお、ヨナ博士!」

階段の上から、機械人形のように両手を突きだしながら、こちらにむかって降りてくるラブ・サン老人の皺深い顔には、喜色が満面に浮かび、そして、そのうしろから降りてくる、黒いドレスの上から、短いフードつきのマントをつけた若い女性の顔には、それこそ、ヨナが思わず目をそらしたくなるほどの、歓喜、というよりも、満面の笑みが浮かんでいた。

「ミロクのお導きだわ!」

マリエは叫んだ。そして、老父を追い抜いて、階段をかけおり、両手をさしのべたまま、ヨナにむかって突進してきた。

「ミロクさまが、あなたをここまで連れてきて、私に会わせてくださったんだわ!」

「マリエ……」

「どんなに待ったでしょう! ああ、私、どんなに待っていたことでしょう! あなたはでも、ようやくきて下さった。私に会うために――私と再び、信仰をともにするために、そうして、私とひとつになるために! こんな嬉しいことはありませんわ。ああ、ヨナさま、私はどんなに長いこと、心配しながらあなたのことをお待ちしていたことでしょう!」

「それ……は……」

ヨナはかなりもごもごと口ごもった。

どう答えてよいかわからぬ気持はいっそううつのるばかりだった――彼女の口にすることばそのものはべつだん、このような再会のシーンで少しも不思議なものではなかっただろうが、問題はそれを口にするときの彼女の口調であり、そうして表情だった。

(まるで――まるで、からくり人形が、そのように定められた番組通りに、そういう演技をしているみたいだ……)

イオ・ハイオンと話しているときにも、ほんのときたま、そういう違和感を感じるときがないわけではなかった——突然に、ヨナは思い出していた。

あれほどに、学識もゆたかだし、ひとかどの人物として、尊敬もされている、立派な人物なのだが、話をしているとき、ヨナは、どういうわけか突然に、イオが自然な自分の情動や、自分自身の個人の考えから喋っているのではなくて、まるで遠くからプログラムされている人形と化してしまって、そのプログラムのとおりに喋っているだけだ、というような、奇妙な違和感を感じることがほんのときたまあったのだ。それさえなければ、自分はもっとイオに私淑もしたし、感服もしていただろう、と思う。だがずっとイオにどことなく感じ続けていた《嘘くさい》感じ——それと同じものが、その何倍にも強められて、マリエと、そしてラブ・サンのまわりに漂っている、というような、そんな感じだった。それは、クリスタルでは決して見られないものだったし、第一、クリスタルでは、そんな、大仰な身振りや激情的なしぐさ、そして直截な物言いなど、マリエも老人も、決してしなかったものだ。それは、ミロク教徒としてはありうべからざる、つつましさを欠いた所業だ、と、クリスタルでは思われていたのだから。

「ヨナ先生、お目にかかれてまことに嬉しいですぞ」

階段をのろのろと降りきったラブ・サンが、これも機械人形のように、奇妙なくらいマリエとまったくよく似たしぐさで、両手を突き出して、ヨナを強引に引き寄せようとした。ヨナはいささかへきえきして、それから逃れようと微妙にあとずさった。

ラブ・サンもマリエもどちらもそんなことはいっこうに気にかけなかった。どちらも、両方からヨナを抱きしめようと両手を突き出してきたので、ヨナは両側から四本の手に、まるで蜘蛛にでもかかえこまれたようにからめとられた格好になってしまった。

「これは——これは、まあ……落ち着いて下さい……お二人とも」

ヨナは、なんとなくひどいむなしさを感じながら、なんとか二人のその蜘蛛じみた抱擁から抜け出し、ちょっと距離をとった。

「とりあえず椅子にかけて——お話でもいたしませんか。お二人は、この建物に滞在していらっしゃるのですか」

「この建物？」

ラブ・サンはおうむ返しに云った。よく意味がわからない、というようでもある。

「この建物は、いま、誰も泊まり客はいないんですのよ、ヨナさま」

マリエが、横あいからさらうようにして説明した。

「ここは、いろいろな集会や、こうして懐かしい人々が再会するために使われているようなそういう場所なんですの。ですから、ここで私たちは何ザン、ゆっくり久闊を叙していてもかまわないんです。今日はもう、ここを使う予定の人はほかにはいないときかされておりますから」

「そ、そうですか。しかしずいぶんと、がらんとして——というか、さむざむとした建物ですね」

「ヨナさまは寒くていらっしゃるの？」

マリエが云った。

「だったら、暖房に火をいれましょうか。それとも、わたくしが……もっとおそばによって、あたためてさしあげましょうか」

「何を云ってらっしゃるんです。何てことを」

マリエはこんなことは決していう娘ではなかった――

だが、もう、その思いも、ヨナの心からは去っていた。

（このひとは、マリエではない。からだも、見た目も、心もマリエかもしれないが、なかみはもう私の知っているマリエではない。――同じように、ラブ・サンもおそらくまったくなかみは変わってしまった。そうして、もう、おそらく、もとに戻すことは出来ないのだ）

怪王子アモンがクリスタル・パレスを席捲し、レムス王がかたちばかりの国王として存在してはいたものの、クリスタル・パレスそのものがもはやまったくもとのかたちをなさぬ、不気味きわまりない魔の宮廷になってしまった、おそるべきあのころ――

そのころには、ヨナは、神聖パロ軍のただなかにいた。クリスタル・パレスが、あの当時、アモンの奇怪な魔力によって、どのように変えられてしまったか、その情報そのものはさんざんきかされたものの、実際には、その不気味に魔の宮殿に変容したクリスタル・パレスには、ヨナは足を踏み入れたことはない。

「そんなことが、うつつにありうるものだろうか」

「そこまで、あれだけの大勢の宮廷貴族たち、なかにはきわめて剛毅な武人もいれば、きわめて知性高い貴族もいたものを、それがそんなふうに変貌してしまう、乗っ取られてしまう、ということが、あるものなのだろうか……」

ヴァレリウスとヨナは、たびたび論議をかわしたものだ。その後、グイン王の軍隊がクリスタルに入ったとき、ヨナも請われてグインのかたわらに参戦することとなった。そこで、実際に見たクリスタル・パレスのありさまは、確かに不気味きわまりないものであったが、首から上が犬や馬や鳥にかえられてしまった貴族たちが、おのれがどのように変貌したかまったく知らぬままに、夜な夜な舞踏会を繰り広げていた、という、そのもっともぶきみでおぞましい状態については、ヨナは幸いにして見たことがない。

（だが――）

おのれのよく知っている貴族たち、貴婦人たちが、そのように魔物に操られ、変えられ、本来のかれらでないものにされてしまって、そのことに気付かずに笑いかわしたり、社交をしたりしている光景を見たら、どのようにおぞましく思ったことだろう。いまの、マリエとラブ・サンのすがたは、少し、それを連想させる――それが、ヨナの切実に思っていたことだった。

（ということは……何か、やはり……おきた出来事に共通点があるのだろうか。……ミロク教団は、何か……クリスタルを襲った、アモンとその背後の勢力と同様のものに、乗っ取られてしまった、ということなのだろうか……）

だとしたら、それは大変なことだ。

（いや、だが……）

まだ、そこまで一気に決めつけてしまうのは早すぎるかもしれない、とヨナは思い直した。そして、試すかのように、マリエにむかってほほえみかけてみた。

「マリエどの、ラブ・サンどの、お久しゅうございました。お二人の消息が長いことたえていたので、クリスタルではみないたく心配いたしております。それゆえ、私もこのようにして、はるかなヤガまでお二人をお迎えに参りました。——もう、巡礼の宿願も果たされたこと、ヤガでの滞在もずいぶんと長くなられ、クリスタルにのこされた御家族御友人も、また商売のことなどもいろいろ御心配でありましょう。——むろんこちらでのいろいろもありましょうから、それを調整しての上とはいえ、私ともども、クリスタルにお戻りになって下さるには、まったく異存はございませんでしょうね？」

「え」

驚いたように、マリエが目を見開く。

そして、マリエは、その、妙に人形めいたぱっちりとした目で、老人を見た。老人もマリエを見たが、そのままその目をヨナに向けた。

「いや、我々はともかく、ヨナ先生はまだ、ヤガにこられたばかりでしょう。何回かミロク大神殿に当然参詣はされたでしょうが、はるばるここまでやってこられて、それだけでは、あまりにもったいない。また、ヨナ先生ほど学識ゆたかなかたが、何もその学識を用いての成果をあげることなく、クリスタルへまたむなしく戻られる、というのも、これはクリスタルのミロク教徒、ヤガそのもの、双方にとっての損失というものでありましょう。――ちょうどさいわい、私はいま現在、この建物のとなりにある《ミロクの兄弟姉妹の家》という新しい組織で、一方の分団長をつとめております。これからすぐいって、そちらの幹部たちにヨナ先生を――これが、うわさに名高き、パロの誇る若き秀才、王立学問所のヨナ・ハンゼ教授であられる、と御紹介しますから、ヨナ先生には、ぜひとも、その私たちの仲間と会っていただきたい。そうして、会ってあれこれと親交を深めていただきたい。――そうですな、ほかにも会っていただきたい人や、ぜひ見ていただきたい場所などがたくさんありますによって、どれほど少なく見積もっても、これから一年、さよう、二年三年くらいは、ヨナ先生には、ヤガに滞在していただきたい。――いま、ヤガには、個人の家というものはほとんど存在しておらぬのですよ。おお、もちろん、小さなしもたやだの、古くからの民家だのはその限りではありませんが。新しい信仰を持つものは、みな、おのれ個人の財産を持つのはよくないことである、として、おのれの財産も家屋敷もすべていったんミロク様にさしだし、それから、その財産や家屋敷をあらためてミロク様から貸し出されて、おのれが管理するものとして、他の兄弟姉妹たち、はらからたちを歓迎し、滞在させ、教育したり、飢えさせぬように気を配ったりする役目をになうことになっております。ですから、いま、こと《新しきミロクの教え》を信ずるものに関するかぎりは、私有財産、というようなものはもうまったくありません。すべてはミロクのものであり、すべてははらからのものです。——なんと平等な、なんとここちよい教えだとはお考えになりませんか。——そしてまた」

ラブ・サン老人の目が、奇妙に赤い輝きを帯びてきたように、ヨナには思われた。ヨナは思わずちょっとあとずさって、バランを目で探した。バランは階段の上で、なんとなく、どうしたらいいのか進退に窮したかのように、黒い鴉《ガーガー》のようにそこにとまっている。

「しかし、それは……」

「新しきミロクの教えに、私どもも帰依いたしました。むろん、新しきといったところでもともとが同じミロク教団の教えなのですから、事新しく改宗したの、心を入れ替えたのというような話ではございません。ただ、古き教えが持っていた欠陥が、新しき教えによってただされ、よりよいものとされ、より完璧なものとされていっただけです。

──そして、わたくしも、マリエも、その教えによって、あらたな生命を得ました」

にっ、と、ラブ・サン老人が笑った。

その口が、耳まで裂けた──ような錯覚に、ヨナはぞくりとかすかに身をふるわせた。

身をふるわせたことさえ、気付かれたら危険だ、というような気がした。

(これは、もしかして……大変なことになってしまったのかもしれない……)

(自分は、気付かずして、大変なところに迷い込んでしまったのかもしれない……)

しきりと、激しく警告してくる囁きだけが、ヨナの脳裏に点滅している。だが、どうしたらいいのかもよくわからなかった。というよりも、いったい、何が本当の危険なのか、自分の身に何か本当の危険が迫っているのかどうかさえ、ヨナにはまだよく飲み込めないのだ。

(それは、確かに、何かぶきみな新しいミロク教というものが出来上がりつつあるのかもしれないが、しかし……)

(それでもそれはミロク教には違いないのだろうし……)

「わたくしと御一緒に参りましょう、ヨナさま。ね」

じわりと、しなだれかかるような声音で、マリエが云った。それもまた、かつてのマリエ令嬢であったなら、決して使うことのなかったような声であり、媚びるような表情であった。ヨナはぞっとした。奇妙な道化芝居を見せられているような気がしてくる。

「いっしょに――何処へ？」

「とりあえず、《兄弟姉妹の家》へ参りましょう。そこで、わたくし、ヨナさまをみんなに御紹介いたしますわ。そのとき、わたくしの《あいかた》となるかただ、と御紹介してもよくって？」

「あいかた……？」

「新しきミロクの教えでは、本来、人間関係を独占するということは、許されまじきことなのです」

ラブ・サン老人がもっともらしく口をさしはさんだ。

「すべてのはらからはミロクの子であるということにおいてひとしく、平等であり、また、すべてのはらからはミロクの子であることによって兄弟姉妹となります。――従って、夫婦であるとか、親子であるとか……そういうことを特権としてふりかざし、親の財産を自分だけが受け継いで、自分で作り上げたのでもない財産で豊かさを享受したり、また人気のある異性を独占しておのれだけの妻としたり夫としたりする――それはとてもミロクの教えに反することなのです」

「そのような……ことを、ミロクの教えは……教えられておりましたっけ……」

むしろ、親子兄弟、親戚、そして友人知人、長幼の序などすでにある秩序を大切に守り、それをいとおしみつつ、それ以外の他人、それまで知らなかった人々にも、親子兄弟と同じような親しい情をそそぎ、食べ物や着るものをわけあたえ、難儀をともにせよ、というのがミロクの教えであったはずだ。

「ひとというのは、おのれのおろかしい私利私欲にかたよりがちなものです」

いかにも、教え諭すかのように、ラブ・サンは云うのだった。その目がますます、赤く光っているのを、ヨナはなかば茫然としながら見つめていた。

「ですから、ミロクのみ教えにそうためには、まず、その私利私欲を去らなくてはなりません。——おのれのもてるすべてをミロクに差し出すのです。そして、ミロクからあらためて与えていただいたものだけを、おのれの取り分とするのです。——それは誰かひとりが故意に多かったり、また誰かが独占したりしてはならぬものです。——美しい女性がいた場合には、誰だってその女性の気を引きたい、また意のままにしたい。だが、誰かひとりがその女性を独占するとしたら、それはミロクの教えにもとることになる。——だから、基本的に、ミロクの名において、はらからはすべて、どのようなかかわりをもってもかまわない、というのが新しいミロクの教えなのです。しかしそのなかにも、ほかのものよりは特別な関係のありよう、というのはあってしかるべきです。ことに、子供はすべてミロクのものだとはいえ、父親と子供の関係というのははっきりと明快でなくてはなりませんからね。——ですから、ごく例外的なものとして、子供を産める若い女性と、健康で若い男性が、《あいかた》という名のもとに、しばしば会ったり、仲良くしたり、子供を作るために協力したりする、ということは、ミロクさまも、新ミロク教会の幹部の導師のみなさまも認めておられるのです。そして、マリエは、ヨナさまがここまできて下さったのは、マリエを《あいかた》に求められたからだ、と確信しております。そうだねえ、マリエ？」

「まあ……お父様ってば……」

「そ、それは……しかし——」

「ヨナ先生は、クリスタルでは、マリエの求愛になかなか心を開いてくださらなかった。ひとつには、それで私ら親子は世をはかなんで、ヤガへの巡礼の旅に出てしまったのです。しかし、ヤガで私たちは新しい生命を得ました。新しきミロクの教えは、すべてにおいて平等であれ、愛においても、と教えておられます。つまりは、マリエが求めれば、先生はそれにこたえる義務がある。《あいかた》としてマリエが先生を求めれば、それは、すなわち、新たなミロクに捧げるべきミロクの子を作り出す、という、奉仕活動になるわけですから、それはきわめて神聖なミロクへの捧げ物になります」

「そんな……」

ここにいたって、ヨナは、我慢の限界に達したことを悟った。

もともと、禁欲的すぎて、食べるにせよ飲むにせよ、生命の危険に陥るほどにそれらを避けてしまった少年期の記憶もあるヨナである。性についても、素朴なミロクの教えを厳しく守り、いまだに女性にふれたことも、男性にふれたこともない。マリエに対しては、なかなかに憎からぬものを感じてはいたが、それがほとんどはじめてのことであった。だがそれも、喜んだラブ・サンが積極的に縁談として押し進めようとすると、たちまちに萎えてしまうような、その程度の淡い好意であったにすぎないのだ。

ヨナにとって大切なのは学問であり、勉学であり、おのれの研究であり、そしてナリスの遺志であった。それ以外には、重大なものはなにもない、と考えている。自分の生涯は、それらに捧げた清らかな、寂しい、何もないものになるだろう——それでいいのだ、とずっと考えてきているヨナである。

「僕には申し訳ないが……その新しいミロクの教えというものは、とても受け入れられそうもありません。また、理解もできそうもありません」

ヨナはきっぱりと、すり寄ってくるマリエを押しのけた。

「僕は、マリエ嬢とご老人をクリスタルにお戻りになると考えてお迎えにきただけです。しかし、このままヤガでしばらく滞在して、自分の学問をしようというような気持はありませんでしたし、いま現在、私にはクリスタルでそれなりの任務もあります。それを置き去りにしてきてしまったので、クリスタル・パレスでも、一刻も早く帰ってきてくれるようにと要請していただいています。有難いことですが」

「それはまことであります」

バラン魔道師が絶妙のタイミングで口をはさんだ——階段の上からのままであったが。

「わたくしはクリスタルから、ヨナ博士をお迎えに参ったものでございます。クリスタル宮廷は、ヨナ博士の不在でたいへん困惑しております。いますぐにでも、ヨナ博士をお連れ戻しもうせ、と私はきつい命令を受けております」

「バランどの」

あわててヨナはおしとどめた。

「そのような話は、このようなところでは」

「大丈夫です。私がしっかりとこの建物のなかにはバリヤーを張っておりますから、誰にも、外から聞かれる心配はございませんし、のぞかれても大丈夫です」

バランは自信ありげにいう。それをきいてますますヨナは心配になったが、とりあえずバランどころではなかった。

「ともかく、マリエさんとご老体が当面クリスタルにお戻りになるお気持がない、ということでしたら、こうしてお目にかかれたのをさいわい、僕が、留守宅にお二人の御無事のお知らせを伝えさせていただくこととします。それはとてもやぶさかではありませんし、お二人がこうして元気でいられるおすがたを見ることが出来たのは、僕にとっても、長旅の目的をはたしたことになったと思います。——しかし、申し訳ないながら、そういうわけで、僕には、マリエさんの《あいかた》になる、というような任務をつとめることが出来かねます。お二人の無事を確かめた上は、僕はただちに、クリスタルにむかって出発しようと思います」

「それは、無理というものですよ」

くくくく——と、ラブ・サンが含み笑った。

それもかつて、まったくひとたびとして、老人が見せたこともないような表情であり、笑い方であったから、ヨナは驚いて、目をしばだたきながら老人を見た。

「どうされたのですか……?」

「いま、ヤガにやってきた人は、やって来ることは出来るけれども、出てゆくことはできない、という法律が成立しようとしているところです」

老人はニッタリと笑った。

「ヤガはいまおおいに変貌しようとしております。そのために、ヤガには非常にたくさんの人的資源が必要なのです。——もうはやすでにヤガはかつてのヤガ、単なる素朴なミロクの聖地たるヤガではありません。ここから、世界にむけてあらたな教えを発信し、それによって、世界をミロクのものに——ミロクの正しい教えに導かれる正しいものにしてゆくために、いよいよ動きだそうとしているところです。——あなたはまさに、ちょうどよいときにヤガにおいでになった、ヨナ先生。まだ、ヤガの準備は整っておりません。だが着々と整いつつある、ときのうも五大導師のおひとりルー・バー大師がいっておられました。先生はヤガにおとどまりになるべきです。先生のようなかたこそ、いまのヤガにとってもっとも必要です。ヤガはあなたを待っていたのですから。――そうだろう、マリエ」

「ええ、そのとおりだわ」

熱をこめて、マリエはうなづいた。その目もまた、あやしく赤い輝きを宿しているのを、ヨナはほとんど絶望的な気持で見つめていた。

（いったい――何がおきたというのだろう。何がおきようとしているのだろう……ヤガは、どうなってしまったのだろう……そして、ミロク教団は、いったい、どのようにすがたをかえてしまったというのだろう……）

それは、どう考えても、ヨナには、歓迎すべき方向への進化、変化とは考えられなかった。

「とにかく……」

ヨナは声を強めた。物静かなヨナがめったに出さぬような大声であったが、老人もマリエも驚いたようすもなかった。

「とにかく僕は帰ります。まずは今日はこれで失礼させていただきます。友人との約束も残っていますし、それに、そんな《あいかた》などという話は僕はミロクの教えのなかで、ひとたびとして聞いたことがない。承認しかねるものがありますが、それについて、その大師とやら、導師とやらというかたたちと話し合うつもりもありません。――ヤガが、新しいミロク教のかたちをとる、というのだったら、それはそれでヤガはそうしたらいいと思う。でも僕は――僕は本来クリスタルの人間ですから……」

「ヴァラキアのかたではありませんでしたっけ？」

いきなり、うしろにまわったマリエに、なまめかしく手をまわして抱きつかれて、ヨナは卒倒しそうになった。

「何をするんです。マリエ嬢」

「ヴァラキアのかたというのは、もっと享楽的で、そして開放的でおおらかだと思っていましたけれど……あなたは、そうではいらっしゃいませんの？　ねえ、ヨナさま……《兄弟姉妹の家》にいらっしゃいませよ。そして、わたくしたちみんなと、はらからの契りをいたしましょうよ……わたくしたちはみんな、はらからの契りをかわすんです。だってみんな、私たちははらからなんですから」

4

「お放しなさい！」

さしものヨナも、今度こそ我慢がなりかねた。ぐいとマリエの手をふりはらい、飛びすさった。

「あなたがそのようなかただとは思ったこともなかった。クリスタルではいつも、徳の高い、淑やかな、淑女のかがみのようなかただと思って感服していました。そんなことを云ったり、なさったりするとは、僕にとってこれほど甚だしき幻滅はありません。失礼します――そして、お二人の動静はちゃんとクリスタルのお留守宅に伝えますから御心配なさらぬよう。僕はヤガを出ます。どこのどのような都市にも国家にも、自由意志でやってきた他国の人間を、強引に引き留めて外に出られなくする、などという法律は許されたことがないはずです。もしそれが許されるんだとしたら、その国なり都市なりは、その他国、その人間の属する国家に対して、その国家の国民に対して無法な拉致監禁を行なっているということになる。――失礼します！」

「ヨナ先生」

「もっと、話をきいてくれませんか。新しいミロクの教えというのは……」

「もう、新しいミロクも、その教えも沢山だ」

ヨナはいつになく荒々しく叫んだ。これまでずっとたまりにたまっていたもやもやしたものが、一気に爆発したような気分だったのだ。

「僕は古い教えだけで十分だ。たとえミロクの新しい教えがどれほど素晴しい天国をもたらしたって——僕は古いミロク教徒のままでありつづける。どいてくれませんか。僕は帰ります」

「どこにお帰りになるんです。ですから、ぜひともヨナ先生に会いたいといっている人たちが沢山いるんですよ——それは沢山」

にっ、とラブ・サンが笑った。そのしわぶかい顔が、妙に無表情に見える、機械的な笑いをうかべ、そしてその目が笑いのかけらもなく赤くまたたいているのを、ヨナは恐怖しながら見つめた。

「あなたたちは、どうされてしまったんです」

ヨナはいくぶん震える声で叫んだ。

「洗脳ですか。何があったんです。——新しいミロクの教えとは、いったいどういうものなんです。それは、ひとを、こんなに変えてしまうものなんですか」

「ですから、御一緒に、素晴しい新しい教えをお教えする場所にゆきましょうよ、ね、先生」

マリエが、ヨナの細い腕に腕をからみつかせ、からだごとからみつくようにしてきた。

「何をするんだ。はなせ」

「そんな、つれないことをおっしゃらないで。クリスタルにいたころは、わたくしのことをお好きだったくせに——気があったくせに。そんなことくらい、ちゃーんと、わたくしたちは、わかっていたんですよ。だから、私たちがヤガにゆけばきっと、先生はそのうち——私たちの消息がなくなれば探しにきてくださる、ってルー・バー導師はわかっていらしたんだわ。だから、ミロクの導きにより、私たちをクリスタルから出発させ、ヤガへと連れていらしたんです」

「何だって」

ヨナは顔色を失いながらも、まだそれでも落ち着いていた。もともと取り乱すのは性にあわなかったし、頼りないとはいえバラン魔道師もいる。いざとなればスカールとも連絡がとれるはずだ、と思ったのだ。

「その導師というのがどういう人なのか私は知りません。だが、そんなことを最初から計画してあなたがたをヤガにおびきよせたのだとしたら、それは陰謀ではありませんか。そんなやり方を認めることは僕には出来ない。僕はとにかく帰ります。とりあえず自分の宿に戻りますから、またもし何かクリスタルのほうに伝えてほしいこととか、おありならばそこにおいでのバランさんに伝えて下さい。僕はとりあえず、お二人がお元気でいらした、そして当分クリスタルには戻るおつもりではないようだ、ということだけ、そちらのほうに伝えるつもりです」

「どうして、そんなことをおっしゃるの」

マリエが目を赤く光らせながら云った。そして、ゆっくりと、ヨナのほうにむかってにじり寄ってきた。それがマリエであることはわかっていたけれども、ヨナは、なんとなく、とてつもない不気味な怪物ににじり寄られているような気分だった——いや、だが、実際には、すでにそうであったのかもしれない。

「新しいミロクの教えは素晴しい教えです」

ラブ・サンがゆっくりと、噛みしめるように、言い聞かせるように云った。

「古くさい、ただの道徳ばかり繰り返して教え込もうとしているような古いミロク教とは、比べ物になりません。それはあの世でだけではなく、現世でも、ひとが幸せになるたったひとつの方法を、間違いなく教えてくれます。——それが、これまでになかったほど正しく、そして間違いのない方法だからこそ、これほど多くの人々があらたにミロク教徒となってヤガに押し掛けてきているのです。——いま、ミロク教徒になりつつある人々の大半は、古きミロク教ではなく、この、新しいミロクの教え、新ミロク教に心酔して、そしてやってきているのです。——先生、あなたももう、すでに古い教えを捨てるべきときです。そして、新しいミロクのことばに耳を傾け、あなたのすぐれた学識や頭脳を、その新たなミロクの世界をこの世に招来するために捧げるべきです」

「あなたたちは、僕の存じ上げていたラブ・サンさんと、マリエさんじゃない、というような気がします」

ヨナは叫んだ。

「もう、これ以上それについてお話をするのはよしましょう。久々にお目にかかれて欣快でした。それに、おふたかたが、どういう新しい信仰をもつようになられたにせよ、元気で、そして信仰をもって頑張っていられる、ということがわかって、僕もそれですべての役割は終わったという気がします。——僕も、クリスタル・パレスで待っている仕事がありますので、パロへ戻らなくてはなりません。さようなら、もうお目にかかることもないでしょう。マリエさん、おからだを大事にしてください。ラブ・サンどのも、ご高齢なのですから、ご健康に気をつけて。では、短いあいだでしたが、お目にかかれて幸いでした。それではごきげんよう」

何をいっているか、自分でも半分わからなくなりながら、思いついたことを手当たりしだいに口走りながらヨナは、じりじりと出口のほうにむかってあとずさっていた。

だが、はっと思わず足をとめた。

バランがバリヤーを張って誰も気付かない、こられないはずの入口から、ふらりと、入ってきた黒いマントすがたの人影があったのだ。

「ヨナ博士、懐かしい方たちとのお話のほうは無事すまれましたか」

不気味な笑みを含んだ口調で云いながら入ってきたのは、イオ・ハイオンだった。

その、フードのなかの双眸が、マリエや、ラブ・サンと同じように、かすかに赤い光をおびて、あやしく輝いているのを見たとたん、ヨナの細いからだに、激しい嫌悪と、そして恐怖の身震いが走った。

「イオ――どの、どうしてここへ？」

「それは、あなたのような大切なかたを、そのままうかつに放置するわけにはゆきませんからね。ちゃんと、あなたの身辺は護衛してさしあげなくては、あなたをお預かりする任務をいただいたこのイオ・ハイオンとして、立場が立ちませんから」

「そ――そんな……」

「もう、これで気が済まれたことでしょう。マリエさんも、ラブ・サンどのも、私はよく知っています。よく、《兄弟姉妹の家》でお見かけもいたしますし、お話もしますよ。どちらも、とても熱心な新しき教えの信徒であられます。――そのうち、本当に信頼できる信徒たちが出来てきたら、おいおいに、パロ――いや、何もクリスタルに限らずパロのあちこちや、またむろんパロだけではなく、クムだの、サイロンだのにも、伝道者をさしむけて、《本当のミロクの教え》を皆様に広くひろめてゆきたいもの、と幹部たちはお話しているのですけれどもね」

「……」

もう、ヨナは何も云わなかった。

すべてがどうやら仕組まれたワナであったこと——そもそもは、おそらく、マリエたちが消息を絶って、ヨナがあえてクリスタルを出てヤガまで探しにくるところまでも、そのように行動するだろうと予測された上で計算されたワナであったらしいことを、やっとヨナも悟っていたのだ。もう、（どうして、たかが自分のようなものにそんな大がかりなワナなどしかけるわけがあるだろう）などと、いつもの自己卑下をしているわけにもゆかなかった。いま現在、現に危機は目の前にあり、そして、三人のあやしく赤い目をもつ怪物たちが、ヨナを取り囲んで、その包囲の輪をじわりじわりと縮めつつあるのだ。

「バラン魔道師」

ヨナは必死になって叫んだ。

「バラン魔道師、あのかたに連絡を！」

「あのかたといわれると、つまりエルシュどののですか」

バランは、ヨナが何か物を投げつけたくなるくらい、ずれた反応をした。それでも

「スカールどのですか」と言わなかっただけ、まだマシだったのかもしれない。

「わかりました。いますぐに連絡をとります。でも、ヨナ先生をおひとりにしておいては……」

「ひとりもふたりも、この状況ではどうにもならない。とにかく、あのかたに連絡して——何をしている、早く行かないか」

さしものヨナも、怒鳴った。

バラン魔道師は、いくぶんうろたえたように、ヨナをこの場に置き去りにしてよいものかどうか判断がつかぬようすでまわりを見回したが、それから思いきったように、ふわりと空中に飛び上がった。そして、壁を突き抜けるように、壁に突っ込もうとした、その刹那であった。

「愚か者が」

イオ・ハイオンの手が、奇妙なかたちに印を結んだ——

と見た瞬間。

「ギャーッ！」

かすれた、声にもならぬ絶叫がバラン魔道師の口から洩れた。

次の瞬間、バランは魔道師のマントごと、炎に包まれていた。

「ああッ！」

「ヨナ先生、近くにおいでにならないほうがいい。万一にも火にふれて、やけどをなさったら、私が導師たちに叱られてしまう。大事なおからだでいらっしゃいますからね」

イオ・ハイオンが低く忍び笑った。と思ったとたん、ヨナは、うしろからぐいと両肩をつかまれ、引き寄せられて、イオに抱き込まれるようにして、入口近くのほうへ引きずられていた。イオは長身のたくましい男だ。非力で華奢なヨナでは逆らいようもなかった。

それにヨナはただ硬直して目の前の光景を茫然と見つめているばかりだった。バランが、目の前で燃えている——魔道師は普通の人間のからだと何か違っているのか、バランを包んでいる炎は、緑色を帯びていた。だが、人間の生身のからだが焦げる、えもいわれぬ悪臭は同じだった。その匂いを、ヨナはつい先頃吐き気が出るほど沢山かがされたばかりだった——それは、オラス団のものたちと、そしてそれを襲った騎馬の民の死骸を、スカールの部の民がまとめて火葬にした、その死体の焦げ、燃える匂いであったのだ。

バランのからだが、緑色の炎のなかでのたうっていた。それから、ふいに、じゅっというような音をたてて、バランであった物体が床の上に転げ落ちた。それは、ただの焼けぼっくいにすぎなくなっていた。

「うッ……」

ヨナは耐えかねた。いきなり身を二つに折って激しく吐いた。イオが、すばやく手布をとりだして、ヨナの口を押さえた。

「これで口を拭いなさい、ヨナ先生。どうせたかが一級魔道師のごとき虫けらです。虫けらとしても相当お粗末なやつだったようだな。――ヴァレリウス宰相も焼きがまわったものだ。ヨナ・ハンゼ博士ともあろうものを、護衛するのにこんなお粗末な見習い魔道師みたいなやつをよこすとは。――いや、もう、それ以上まともな魔道師が、払底してしまって、パロにはもう魔道師軍団とよべるほどのものがいなくなってしまったのかな。だったら、あわれをとどめるが――魔道師軍団だけが、すっかり兵力を失い、財力も、また人材も失って崩壊寸前のパロをなんとか食い止めているさいごのとりでだったはずだのに」

イオは嘲笑った。バランの残骸はぶすぶすと床の上で煙りをたてている。

「といってももう、魔道師の塔も崩壊しかけているし――これでパロを実質的に支えているものはもう何もない。ケイロニアはいまや、疫病のおかげで大混乱に陥っているし、恋に狂ったゴーラの国王はパロにのっと出て、おのれの国を見返りもしていない。まさに、いまこそ、あらたな勢力が中原に打って出る最高の機会というわけだ。中原は乱れに乱れている。――そうは思いませんか。ヨナ先生」

「う……ウ……苦しい……」

「お苦しいですか。まだ吐きそうですか。それはいけない。とにかくこの、イヤなにおいのするところからどきましょう。私だって、このにおいをかいでいるとあんまりいい気持はしない。とにかくいったん家にお連れしますから——ああ、お前たちはもういいから、《兄弟姉妹の家》に戻っているがいい」

イオは無造作にマリエたちに云った。マリエたちは機械仕掛けの人形のように反応した——その目から、輝きが消え、まるで、生きている人間とは思えぬような無表情な、にぶいうつろな顔つきになったかと思うと、のろのろと、二人は並んで建物から出ていった。

それを見送って、イオはおのれのマントにまるでヨナを包み込むようにした。

「さあ、おもてに馬車を待たせてあるから、いったん私の家にいって休むといい。だいぶ気分がお悪そうだ。それも無理はないが——あなたは繊細な学者なんだし、それに、こんな一部始終をいきなり知らされたらショックを受けて当然です。——ひと休みして、落ち着いたら、何か冷たいものでも差し上げますから、それから、《幹部の家》にお連れしましょう。そこで、五大師たちと、《ミロクの聖姫》がずっと、ヨナ博士の到着を待ちこがれておられます。——ヨナ博士がわれわれの仲間になって下されば、もうおそれるものはなにもない。ヨナ博士はパロではいたって信任があついですからね。ヴァレリウス宰相も、リンダ女王も——みな、ヨナ博士が戻ってくれれば大歓迎されるでしょう。

そうして、これまでとかく隠退ばかりしたがっていたヨナ博士が、パロの国政に乗り出すことにふたたび熱心になれば、もうすべてにいやけがさしているヴァレリウス宰相も、ゴーラ王の求愛にうろたえているばかりの無能な女王も、みな心から喜んであなたの力を借りようとするでしょう。しかもヤガから帰ってきたあなたは、どういうわけかとてもまつりごとに堪能に、これまであまり関心のなかった現実の出来事にとても興味をもち、有能にさばけるようになっている！　素晴しい人材ですよ。パロはあなたのおかげで救われるでしょう。そういっても決して過言ではない。あなたにはそれだけの能力がある——あのナリスさまが、それほどかっておられたのですからね……」

話し続けながら、イオはマントで包むようにしたヨナをそのまま、建物の外に連れ出した。

「外のいい空気を吸って少しほっとしたでしょう」

イオはヨナの耳に囁きかけた。

「冷たい飲み物でもそのへんの屋台で買って、持ってきてあげますから、それを飲めばかなりすっとしますよ。——それに、そこに馬車がいるので、そうだ、ちょっとここにかけて待っていて下さい。この階段に——このあたりなら誰も、よけいなことをするものはいないから大丈夫ですよ。ちょっと、ほんの二、三タルザンのあいだだけ待っていて下さいね。そうか、さっきのあのでく人形どもを残しておけばよかったかな。どうも、なんでもかんでも自分でやるクセがついているものだから……」

　イオはヨナを建物の階段にかけさせた。

「だが、何も案ずることはなさそうだ。あなたはすっかりぐったりしてしまっている——腰が抜けてしまったのかな。もともとあまり根性はなさそうだし、あんな場面をみて、こんな話をきかされて、ヤガの実態を見て、相当に正気が抜けてしまったかな。まあ、心配はいりませんよ——それに、正気でないほうが、もしかしたら、大師たちと会うときには楽かもしれないし……ま、ちょっと待っておいでなさい。いますぐ飲み物と、それに馬車を持ってきますからね。いいですか、動かずにじっとしているんですよ。どうせあなたの足では逃げ切れるわけがないんだから。それにヤガのなかで、どこをどう逃げようとしたってムダですよ。ここはもう、かつてのヤガではないんだから」

　そう言い捨てると、イオ・ハイオンは、マントをひるがえして、急ぎ足に通りを横切っていった。馬車がそちらの路地にでもとめてあるのだろう。

　ヨナは、その瞬間を待っていた。まるで、そのまま失神してしまいそうなくらい弱り切っているように見えたが、それはヨナの演技であった。かりそめにもナリスにしたがい、いくたの戦場もこえてきたパロの参謀長と呼ばれた身だ。イオが思うほどには、かよわくはない。

（………！）

ヨナは、イオがこちらから見えなくなった、と見た瞬間、身をひるがえして立ち上がり、そして建物の横手に逃げ込もうとした。心臓がどきどきと高鳴り、イオが戻ってくるのではないかと思うといまにも膝が笑い出しそうだったが、必死でヨナはイオのいった反対側に飛び込み、路地へ駆け込もうと焦った。

その刹那だった。

(おい。こっちだ)

ぐいと、ヨナの腕はつかまれ、引き寄せられた。頼もしい、スカールの顔が、フードのなかからこちらを見ているのを見た瞬間、ヨナは逆にくずおれてしまいそうになった。

「ス——スカールさま……！」

「俺が、そう簡単にお前から目をはなすと思ったか。俺がいないほうがたぶんきゃつらはすぐに本性を出すと思ったから、こうして隠れてようすをうかがっていたのだ。——馬がいる。こちらへ来い」

スカールに腕をつかまれたまま、ヨナは懸命に走った。スカールは足が速かったが、なんとかして必死についてゆく。どこをどう走ったかもわからないくらい、こみ入った路地の奥へと、スカールはどんどん分け入って云った。

「おい。さっきの者だ」

それはどうやら、バザールの裏手であるらしかった。さまざまな品物や箱や樽が積み上げられ、雑然としている、小さな小屋がけがたくさんつらなっているあたりへゆくと、スカールはヨナを待たせておいて、なかのひとつに入ってゆき、すぐに戻ってきた。

「そっちの川べりだそうだ。もうちょっと、走れるか」

「大丈夫です」

喘ぎながらヨナは云った。なんとなく、深い、悪い夢のなかに入ってしまって、どうしても目がさめられない、というような気がしていたが、その上何を考えるゆとりもなかった。ただ、とにかくここでかれらの手に落ちたら、もう二度とはヤガから抜けられなくなってしまうだろうし、おそらくは洗脳をうけ、あのマリエやラブ・サンのように赤く光るいかがわしい目をもつ機械仕掛けの人形のようにされてしまうだろう、ということだけははっきりとしていた。

スカールは面倒くさくなったらしく、ほとんどヨナを引きずるようにして、さらにまたいくつかの路地を曲がった。とたんに目の前に、見たことのない小さな川があらわれた。その川べりの一本の木に、馬がつないであった。

「乗れ」

スカールは簡潔にいうなり、自分もひらりと馬の鞍の上に飛び上がり、またがった。それから、もたもたしているヨナを、手をつかんでぐいと引っ張り上げた。腕が抜けそうな気がしたが、ヨナは必死で馬の首にかじりついた。

「そうだ。そうやってしっかりつかまっていろ。ちょっと、あらごとになるかもしれん。振り落とされるな」

「だ――だ――大丈夫です！」

「よし、よく云ったぞ、博士どの」

スカールは、やにわに馬腹を蹴った。

馬が低くいななないて走り出す。スカールはすでにこの魔の都の地理を熟知しているかのようだった。

「聞こえるか。――お前を捜しているらしい物音がする」

スカールが云う。だがそれはヨナの耳には聞き取れなかった。

「お前の名を呼んでいる。あの男が戻ってきたのだ。行くぞ。いいか、早いぞ――舌をかまぬよう気を付けろ」

云うなり、スカールはさらに馬にかるくムチをあてた。

馬は狂ったように速度をあげた。小さな川ぞいの道はひっそりとしていて、舗装もされてなく、巡礼のすがたも見えぬ。そこを、スカールは、ヨナをしっかりとかかえこむようにして鞍の前にのせたきり、わきめもふらずに馬を走らせていった。

びゅんびゅんとヨナの目の前で景色がうしろに飛んでゆき、風が息をさらっていって息も出来なくなりそうだった。スカールは、確信をもった確かなムチさばきで、やがて右にまがり、左にまがり、どこに向かっているのかヨナにはもうまったくわからぬ勢いで馬を走らせ続ける。

「このまま逃げ切れるとは思わん」

低く、スカールが、手綱を握り締めながら囁いた。

「だが、なんとかして逃げ切ってやる。いいか、何があろうと、俺からはなれるな。わかったな」

栗本薫さんは、二〇〇九年五月二十六日に、お亡くなりになりました。

このグイン・サーガ百二十八巻『謎の聖都』は生前に書き上げられたものですが、冒頭のエピグラフ、及びあとがきは、出版直前に書かれることになっていたため、本巻には掲載することができませんでした。

ご了承ください。

早川書房編集部

神楽坂倶楽部 URL
http://homepage2.nifty.com/kaguraclub/

天狼星通信オンライン URL
http://homepage3.nifty.com/tenro

「天狼叢書」「浪漫之友」などの同人誌通販のお知らせを含む
天狼プロダクションの最新情報は「天狼星通信オンライン」で
ご案内しています。
情報を郵送でご希望のかたは、返送先を記入し80円切手を貼
った返信用封筒を同封してお問い合せください。
(受付締切などはございません)

〒152-0004　東京都目黒区鷹番1-15-13-106
㈱天狼プロダクション「情報案内」係

著者略歴　早稲田大学文学部卒
作家　著書『さらしなにっき』
『あなたとワルツを踊りたい』
『黒衣の女王』『遠いうねり』
（以上早川書房刊）他多数

HM=Hayakawa Mystery
SF=Science Fiction
JA=Japanese Author
NV=Novel
NF=Nonfiction
FT=Fantasy

グイン・サーガ⑫⑧

謎《なぞ》の聖《せい》都《と》

〈JA962〉

二〇〇九年八月 十 日　印刷
二〇〇九年八月十五日　発行

（定価はカバーに表示してあります）

著者　栗《くり》本《もと》　薫《かおる》
発行者　早川　浩
印刷者　大柴正明
発行所　株式会社　早川書房

郵便番号　一〇一 - 〇〇四六
東京都千代田区神田多町二ノ二
電話　〇三 - 三二五二 - 三一一一（大代表）
振替　〇〇一六〇 - 三 - 四七七九九
http://www.hayakawa-online.co.jp

乱丁・落丁本は小社制作部宛お送り下さい。
送料小社負担にてお取りかえいたします。

印刷・株式会社亨有堂印刷所　製本・大口製本印刷株式会社

ISBN978-4-15-030962-6 C0193